Hate me for my Secrets

© 2021, Gabriella Queen
Herstellung und Verlag: BoD – Books on Demand, Norderstedt
ISBN: 9783754306833

GABRIELLA QUEEN

Hate me
FOR MY SECRETS

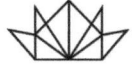

BUCHBESCHREIBUNG

»Ich kenne dein Geheimnis.«

Tavi führt ein Doppelleben. Dass er schwul ist, weiß niemand – nicht mal sein bester Freund Elijah, für den er heimlich Gefühle hegt. Aber er muss von ihm loskommen, denn Eli wird bald heiraten. Zum Glück gibt es einen Ort, an dem er sich ablenken kann. Kurz vor der Stadt öffnet ein ganz besonderer Club seine Pforten: exklusiv für Männer und dazu anonym, denn alle Besucher tragen Masken. Hier begegnet Tavi einem Mann, der ihn voll und ganz in seinen Bann zieht, ihm den Kopf verdreht, obwohl er nicht einmal seinen Namen kennt. Er will ihn wiedersehen … doch der Besuch im Club wird immer gefährlicher für Tavi, denn plötzlich erhält er seltsame Nachrichten. Jemand kennt sein Geheimnis und droht, es offenzulegen.
Noch ahnt Tavi nicht, dass es um alles geht: um seine Vergangenheit, um seine Zukunft und um sein Herz.

ÜBER DEN AUTOR

Gabriella Queen schreibt über Pizzaboten, Piloten, Pornostars und alles dazwischen. Ihre Romane sind nie 'bloß' Liebesgeschichten. Zwischen den Zeilen verbergen sich alltägliche Probleme genauso wie Tabuthemen, bei denen sie regelmäßig großes Fingerspitzengefühl beweist. Es geht um Sex und Liebe, Angst und Mut, Freiheit und Grenzen. Was alle Geschichten vereint, sind die Protagonisten: stets Män-

INHALTSWARNUNG

In diesem Buch findest du folgende womöglich triggernde Themen und Inhalte: explizite Erotik, Drogenmissbrauch, Mobbing, Trauer, Angst, Erpressung, körperliche Gewalt, Homophobie

IMPRESSUM

© 2021 Gabriella Queen, Alle Rechte vorbehalten
Herstellung und Verlag: BoD – Books on Demand, Norderstedt

Covergestaltung: Catrin Sommer | rausch-gold.com
Illustration Olha Bondarenko

Bibliografische Information der Deutschen Nationalbibliothek:
Die Deutsche Nationalbibliothek verzeichnet diese Publikation
in der Deutschen Nationalbibliografie; detaillierte bibliografische
Daten sind im Internet über dnb.dnb.de abrufbar.

ISBN: 9783754306833

Für alle, die für sich selbst

stark sein müssen.

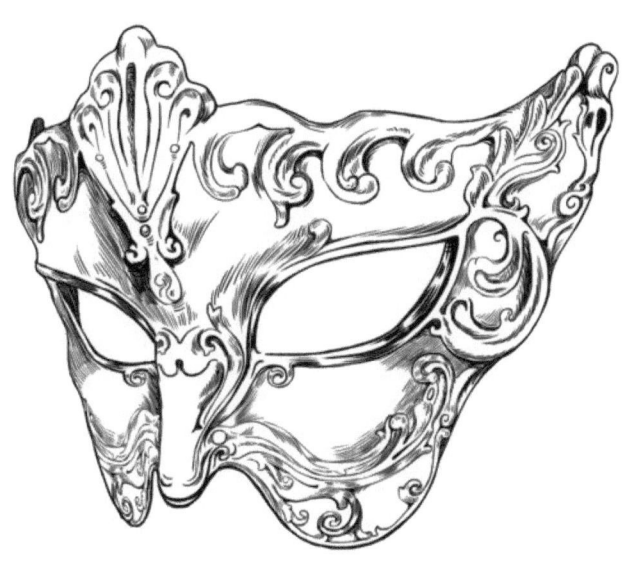

PROLOG

JACKSON LIEß DIE Finger über den schweren italienischen Samt des Vorhangs gleiten. Schwarzer Stoff mit roten Stickereien. Es sah aus, als endete der Raum hier. Als läge dahinter nur eine weitere Wand. Doch in Wirklichkeit verbarg sich hier einer seiner liebsten Orte im gesamten Haus: das schwarze Bett im Barock-Stil.

Er warf einen verstohlenen Blick darauf, ehe er es wieder hinter den Vorhängen verschwinden ließ und sich abwandte.

Es gab viele dieser kleinen Verstecke im Club und ein diebisches Lächeln stahl sich auf sein Gesicht, wenn er sich vorstellte, wie seine Besucher sie nach und nach für sich entdecken würden.

Der dicke Teppich dämpfte das Geräusch seiner Schritte, als er den Raum durchquerte. Über die Galerie gelangte er zum nächsten Zimmer. Hier prasselte ein gemütliches Feuer im Kamin und auf dem rauen Dielenboden davor breiteten sich Felle aus. Jagdtrophäen schmückten die Wände und der schwere Geruch von Kräutern und Alkohol schwirrte durch die Luft.

Wieder ein paar Schritte nebenan fand er den Konzertflügel, den er ersteigert hatte. Ein wirklich prachtvolles Stück, das allein mit seiner Präsenz den Raum einnahm, der in strahlendem Weiß und edlem Royalblau erstrahlte. Das Zimmer war perfekt hergerichtet, mit eleganten Stühlen für die Gäste und einem glanzvollen Kronleuchter, der die Szene ergänzte.

Jeder Raum erzählte seine eigene Geschichte. Sie alle waren Kulissen für die Spiele, die seine Besucher später spielen wollten. Hier oben gab es viele edle und historisch anmutende Bereiche, unten war alles ein wenig moderner. Für jede Fantasie der passende Rahmen. Er selbst hatte so einige.

Es war sein letzter Rundgang vor der Eröffnung. Jackson prüfte jedes einzelne Zimmer, jede verborgene Ecke, jeden Besenschrank auf die richtige Ausstattung. Kondome fand man in jeder Nische. Hier und da waren auch Spielzeuge versteckt – je nachdem, wo man sich gerade aufhielt. Er wollte, dass seine Besucher hier Abenteuer erlebten, und dass auch das Haus selbst eines war. Ein Ort der Überraschungen, aber auch des Genusses und des Vergessens.

Sicher würde der Club auch eine Bühne für kleine und große Dramen sein. Damit kannte er sich ja aus. Nur, dass er jetzt nicht mehr der Regisseur war, sondern eher der Dekorateur, der Ausstatter und der Hauseigentümer. Und sein eigener Besucher.

Seine Maske lag schon bereit. Die anderen konnten sie am Eingang oder online erwerben, oder ihre eigenen mitbringen.

Morgen konnte alles passieren. Jackson rechnete mit vielen Besuchern. Ein Etablissement wie seines gab es nirgendwo im Umkreis, nur die üblichen Tanz- und Szeneclubs, wo man auf den Toiletten, in einem stinkenden Darkroom oder bestenfalls einem kleinen Spielzimmer, das man vorher buchen musste, seinen Spaß haben konnte.

„Fragt sich nur, ob es genug Sex-Gourmets in der Umgebung gibt, oder ob denen nicht vielleicht reicht, was sie haben", hatte Finnley zu bedenken gegeben, als sie über das Konzept für den Maskenclub gesprochen hatten.

Er hatte recht. Es konnte sein, dass er morgen allein hier stand. Aber daran glaubte er nicht. Tatsächlich glaubte er, dass das Haus voll werden würde. Vielleicht nicht unbedingt deswegen, weil es hier nicht stank und alles größer und bequemer war ... aber wegen der Masken. Denn wenn er sich einer Sache sicher war, dann der Tatsache, dass da draußen jede Menge Männer herumliefen, die ihre schmutzigen Geheimnisse vor dem Tageslicht versteckten.

KAPITEL 1

APPLAUS ERFÜLLTE DEN Raum, während Perkins seine rechte Hand in seinen Pranken hielt und sie schüttelte, als gäbe es kein Morgen. Tavi hielt, so gut er konnte, dagegen und lächelte selbstbewusst in die Runde. „Sie sind selbst für die Alteingesessenen ein glühendes Vorbild, mein Junge. Ich hoffe, Sie nehmen das als Anreiz, auch in diesem Jahr wieder großartige Projekte abzuliefern."

„Selbstverständlich. Immer weiter nach vorn", erwiderte er und endlich ließ der Chef seine Hand frei. Tavi widerstand dem Drang, sie sich zu reiben, und nickte noch einmal dankbar in die Runde. Selbst Beatrice, die ihm sonst nur noch säuerliche Blicke zuwarf, applaudierte, und das wollte schon etwas heißen. Sie nahm es ihm übel, dass er ihre Avancen nicht erwiderte – aber fairerweise tat er das bei niemandem und konnte immer seine Arbeit vorschieben. Dass er jetzt den Preis für die erfolgreichste

13

Kampagne des Jahres gewann, schien ein Beweis dafür zu sein, dass es keine Ausreden gewesen waren. Er nahm die Arbeit eben sehr ernst und das konnte jeder sehen.

Perkins bat ihn um eine kleine Ansprache und Tavi tat ihm den Gefallen. Dann verstreute sich ihre kleine Zusammenkunft und die meisten Mitarbeiter schwärmten zurück in ihre Büros. Nur Eli schien es nicht so eilig zu haben, dabei sollte gerade er besonders fleißig sein und Perkins zeigen, dass er was draufhatte. In ihm schlummerte Potenzial, das wusste Tavi einfach. Nicht nur, weil er sein bester Freund war.

„Glückwunsch, Octavius", sagte Eli hochoffiziell und erfreute sich sichtlich an seinem gequälten Lächeln.

„Gott, nenn mich nicht so. Es reicht schon, dass Perkins das immer macht."

„Und du lässt ihn."

„Er ist unser Chef. Das ist eine Ausnahme."

„Ich glaube, ihm gefällt, wie gediegen dein Name klingt."

„Kann sein. Meinen Eltern gefiel er ja auch. Scheint ein Alters-Ding zu sein."

Eli lachte. „Jedenfalls bin ich stolz auf dich. Ich wusste ja, dass du erfolgreich bist, aber jetzt, wo ich auch hier bin, merke ich erst richtig, was das bedeutet."

„Danke dir. Ich bin mir sicher, dass du dich hier auch hervortun wirst. Du bist nicht so starr im Kopf wie die meisten hier."

„Und ich kann von dir lernen. One on one."

„Das auch."

„Feiern wir das später noch ein bisschen? Ich lade dich auf einen Drink ein. Oder zwei." Elis Lächeln ließ die goldgerahmte Urkunde in seinen Armen zu einem Stück bedeutungslosen Druckerpapiers schrumpfen.

„Klar, gerne", erwiderte er und lächelte zurück. Vielleicht war es nicht seine beste Idee gewesen, Eli diesen Job zu verschaffen. Seit er hier war, fiel es deutlich schwerer, sich nur auf die Arbeit zu konzentrieren, aber andererseits war es auch schön, ihn so oft zu sehen. Wenn es nicht gleichzeitig so schwierig gewesen wäre.

„Okay, dann treffen wir uns nach Feierabend unten. Ich hab dir eh noch einiges zu erzählen."

Mit einem Schulterklopfen verließ Eli ihn und joggte davon. Als er fort war, stützte Tavi die Arme auf den Tisch vor sich, senkte den Kopf und nahm einen tiefen Atemzug. Ganz schön viel Aufregung für einen Tag. Aber das war gut, seine Karriere ging steil nach oben. Genau das, was er wollte. In ein paar Jahren wäre er vielleicht im Gespräch für die Nachfolge seines alten Chefs. Wenn er es schaffte, sich an die Spitze der Firma zu setzen, könnte ihm keiner mehr was. Aber bis dahin war es noch ein weiter Weg, der wahrscheinlich über so einige *großartige Projekte* führte.

Nach der Arbeit fuhren sie zu einer Bar in der Innenstadt und machten es sich an einem kleinen runden Tisch in der Nähe des Tresens bequem. Sie eröffneten den Abend mit einem Bier und dem Klirren der schweren Gläser.

Tavi war lange nicht mehr nach der Arbeit ausgegangen. Nicht zu zweit. Hin und wieder ging er mit, wenn die Kollegen fragten, aber seilte sich immer zeitig wieder ab. Dass er als so ehrgeizig und diszipliniert galt, half dabei, dass es ihm niemand übelnahm. Sie sahen ihn nicht als Außenseiter, sondern als Workaholic.

„Ich hab dir doch von der Eyes-Tatic erzählt?", begann Eli und setzte das Glas geräuschvoll auf dem Tisch ab.

„Diese neue VR-Brille? So ungefähr achtzig mal, ja."

„Und dass ich mich in die E-Mail-Liste eingetragen hatte, damit sie mir Bescheid sagen, wenn das Ding wieder bestellbar ist?"

„Ja, auch daran erinnere ich mich. Ist sie jetzt wieder auf Lager oder was? Wann soll ich vorbeikommen, um dir dabei zuzusehen, wie du sie testest?"

Eli lachte knapp. „Die Mail kam heute früh, als ich vorm Duschen das letzte Mal aufs Handy geschaut habe. Ich habe bestimmt keine halbe Stunde gebraucht, bis ich sauber und angezogen meinen Laptop aufgeklappt habe, um sie zu bestellen – und da war sie allen Ernstes schon wieder vergriffen."

„Die sind wohl alle genauso besessen von dem Ding wie du."

„Jetzt mal ernsthaft: Wie viele hatten die denn? Zweihundert? Ist doch ein Witz."

„Könnte eine Marketing-Strategie sein."

„Du meinst, sie tun nur so, als wäre das Ding so beliebt, dass es sofort wieder ausverkauft ist, und in Wirklichkeit quillt das Lager über?" Eli schnaufte. „Ich will wissen, wo das Lager ist." Tavi musste lachen. Wenn es eine Strategie war, funktionierte sie bei Eli auf jeden Fall genau wie gewollt.

„Ich hätte sie sofort vom Handy aus bestellen sollen. Noch bevor ich mir den Hintern abwische", jammerte er.

Tavi schmunzelte. „Nächstes Mal bist du schlauer und schneller."

„Darauf kannst du Gift nehmen."

Sie tranken noch einen Schluck. Tavi musterte seinen Freund möglichst unauffällig dabei, wie er das Glas an die Lippen hob und wie seine Augenlider sich für einen Moment beinahe schlossen, während er trank.

„Weißt du, du dürfest sie auch ausprobieren. Ich bin nicht so grausam, dass ich dich dann nur zugucken lassen würde."

Tavi spielte zwar auch hin und wieder, aber er war bei weitem nicht so ein Gamer wie sein Kumpel. Den größten Teil seiner Freizeit verbrachte er mit Büchern, Zeitschriften, Online-Kursen und Sport. Er hätte sich gerne von Eli einladen lassen. Auch wenn er nur hätte zusehen können. Das war kein bisschen langweilig. Er schaute Eli gerne an. Und wenn er eine

VR-Brille trug, hätte er das sogar viel direkter tun können, weil Eli es gar nicht gemerkt hätte.

„Du bist ein wahrer Freund", stellte Tavi fest.

„Ich könnte noch mehr sein." Elis Grinsen ließ sein Herz einen Schlag aussetzen.

„Zum Beispiel?", fragte er so gelassen wie möglich. Seine Mimik hatte er dank jahrelangen Trainings immer unter Kontrolle, auch seine Stimme. Aber er konnte nicht verhindern, dass ein kleiner Hoffnungsfunken sich in seinen Augen spiegelte.

Eli schien die kleine Anspannung zwischen ihnen zu genießen, denn er kostete sie einige Sekunden lang aus und benetzte seine Lippen, ehe er antwortete.

„Ich wäre liebend gerne dein Meister, wenn du dir endlich SW:TOR holst. Dann kann ich dich Padawan nennen. Padawan Octavius."

„Du bist so ein Idiot", grummelte Tavi und lachte. Mehr vor Erleichterung als vor Amüsement. Hätte Eli etwas anderes gesagt ... das hätte alles noch komplizierter gemacht. Trotzdem spürte er einen Stich im Herzen.

„Das würde dir Spaß machen. Du kannst dir sogar dein eigenes Lichtschwert bauen."

„Ja, und ich könnte mir wochenlang deine Meister-Yoda-Grammatik anhören."

„Siehst du, es wäre rundum grandios."

Sie scherzten noch eine Weile über die Möglichkeiten, die sich bieten würden, wenn er gemeinsam mit Eli in irgendwelche Videospielwelten abtauchen würde, tranken ihre Gläser leer und bestellten sich Drinks.

Es war schön, so einen Abend mit Eli zu verbringen, über seine Scherze zu lachen und die eigene Deckung ein wenig herunterzulassen. Vor Eli musste er nicht perfekt sein und seine Smalltalk-Themen gezielt auswählen. Er musste auch keine einstudierten Gesichtsausdrücke aufsetzen oder Interesse heucheln. Viele der Masken, die er normalerweise trug, konnte er im Laufe des Abends einfach ablegen und im Geiste vor sich auf dem Tisch stapeln. Nur eine behielt er auf und versuchte, sie nicht zu sehr verrutschen zu lassen: die des heterosexuellen besten Freundes.

Aber es fiel immer schwerer.

Wenn Eli ihn so anstrahlte wie jetzt, zum Beispiel. Wenn seine Lippen schmaler wurden, weil er sie zu einem wahnsinnig breiten Lächeln verzog und seine niedlichen Eckzähne hervorschauten. Er war so schön. Aber das konnte er ihm nicht sagen. Noch nicht. Oder vielleicht doch?

Manchmal da kam es ihm so vor, als könne da was sein. Etwas, das auch von Eli ausging, nicht nur von ihm. Aber wenn er sich irrte ...

Tavi hielt sich zurück. Vielleicht, wenn er bald Chef war. Oder wenn Eli ihm ein Zeichen geben würde. Eins, das eindeutig war. Dann bestimmt.

„Ich wollte dir noch was Krasses erzählen", sagte Eli und lehnte sich auf seinem Stuhl zurück. Sein Blick wurde ernster und das kleine Lächeln, das jetzt

19

minutenlang alles um sie herum erhellt hatte, verschwand.

„Was Krasses?", wiederholte er neugierig.

„Wegen Lola und mir."

„Oh", machte Tavi. Seine Hände kribbelten sofort. Vorsichtig schloss er die Finger fester um das Glas, damit nichts von seiner plötzlichen Aufregung nach außen drang. Sein Blick taxierte Eli. „Was ist mit Lola und dir?" *Habt ihr euch getrennt?*

„Wir sind jetzt verlobt. Sie hat mir den Antrag gemacht – kannst du dir das vorstellen?"

Tavi schluckte und zwang sich zu dem Lächeln, das angemessen war. „Wow. Das ist der Wahnsinn. Also werdet ihr heiraten."

Eli nickte eifrig. „In ein paar Wochen schon. Das wollte ich dir sagen. Du musst natürlich mein Trauzeuge sein, ist ja klar. Trauzeuge Octavius."

Tavi setzte das Glas an seinen Mund und trank, um die Übelkeit zu vertreiben, die gerade alles in ihm überflutete. Das kam aus heiterem Himmel. Eli war doch erst seit acht Monaten mit ihr zusammen. Nicht mal ein Jahr. Er wollte Eli fragen, ob das nicht zu früh war, aber er verkniff es sich.

Sein Kumpel wollte keine Zweifel hören, das konnte er ihm ganz klar ansehen. Er war einfach glücklich. Und das stand ihm auch zu. Er liebte die junge Frau. Das wusste er und irgendwie war das okay gewesen. Bis jetzt.

Jetzt fühlte es sich auf einmal so an, als hätte jemand einen tickenden Wecker mitten zwischen sie beide gestellt. Neben den Stapel seiner abgelegten Masken.

Eli würde heiraten.

Er setzte das Glas ab. „Es wird mir eine Ehre sein", versicherte er. „Echt aufregend."

Eli lehnte sich über den Tisch und griff nach seiner Hand. Die Berührung sandte einen Stromstoß durch seinen Körper und seine Gesichtsmuskeln verkrampften sich.

„Ich bin echt aufgeregt, wenn ich so darüber nachdenke. Ich meine ... heiraten. Ich bin noch nicht mal dreißig."

„Solange ihr euch liebt, ist das Alter doch egal. Oder denkst du, es kommt noch ein besseres Angebot?" Er ließ es wie einen Scherz klingen und war von der Souveränität in seiner Stimme selbst ein bisschen beeindruckt.

„Nein, ich glaube nicht", gab Eli zurück und drückte seine Hand kurz, ehe er sie wieder losließ. „Es fühlt sich nur so erwachsen an und ich komme mir vor als wäre ich immer noch ein Teenager. Nur eben mit einem Job und einer eigenen Wohnung und jeder Menge schicken Hemden im Schrank."

„Lass uns darauf anstoßen." Tavi stand auf und rief: „Ich gebe eine Runde aus! Mein Kumpel hier wird heiraten."

Der Alkohol half ihm über den Schock hinweg. Zumindest bis er sich auf den Heimweg machte und Eli aus seinem Blickfeld verschwand. Als er ihn die

Treppe zur U-Bahn hinabjoggen sah, spürte er, wie ein Stück von Eli sich aus seinem Kosmos entfernte. Wenn er Lola heiratete, dann war er wirklich tabu für ihn. Noch mehr als jetzt schon.

Tavi spürte seinen Körper in sich zusammensinken. Als würde man die Luft aus einem aufblasbaren Wassertier lassen. Scheiße. Wie lange klebte er schon an Eli? Eigentlich seit sie sich kennengelernt hatten. Schon damals hatte er ihn mit seinem Lächeln eingefangen, mit seiner nerdigen Art und seiner Vorliebe dafür, seinen vollen Vornamen mit irgendwelchen Titeln zu versehen.

Teamleiter Octavius. Padawan Octavius. Trauzeuge Octavius.

Dabei hätte er seinen Namen viel lieber auf andere Weise von ihm gehört. Sanfter. Leiser.

Er hatte zu lange gewartet. Eli zu gut getäuscht. Niemand wusste, dass er Männer mochte. Wie hätte jemals etwas entstehen sollen? Vor allem, wenn Eli hetero war. Er hatte zwar nie gesagt, dass er es war, aber selbst wenn … selbst wenn er bi oder pan oder wasauchimmer wäre, war es zu spät.

Du könntest versuchen, es ihm auszureden, schoss es ihm durch den Kopf, während er auf Autopilot durch die nächtlichen Straßen marschierte und sich nicht umschaute. *Du könntest die Sache ausbremsen. Oder ihm die Wahrheit sagen.*

Das waren alles keine Optionen. Er wollte Eli nicht an seinem Glück hindern. Nein, sie waren Freunde.

Echte Freunde. Er musste selbst damit klarkommen. Von ihm loskommen. Das würde alle Probleme lösen. Eigentlich war es ja kein Wunder, dass er sich so hart auf Eli eingeschossen hatte. Es gab ja niemand anderen. Nur die Kollegen. Und die kamen sowieso nicht infrage. Er wollte auch nicht, dass jemand infrage kam. Es war gut, dass ihn alle für hetero hielten. Das war, was er wollte.

So sehr, dass er nicht allein ausging. Schon gar nicht in Gay Clubs oder Diskotheken. Wenn ihn da jemand sehen würde ... das funktionierte einfach nicht. Zuletzt hatte er sich das getraut, als er im Urlaub in Italien gewesen war. Weit weg von allen, die ihn kannten, oder jemanden kannten, der ihn kannte.

Das war wie ein Rausch gewesen. Ein sehnsüchtiges Ziehen machte sich in seiner Hose bemerkbar. Tavi schnaufte und lief schneller.

Eli wird heiraten. Das reichte, um die aufkeimende Erregung zu töten, aber der Gedanke zog auch wie ein Umhang aus Blei an ihm.

Er brauchte wirklich einen Plan.

KAPITEL 2

HINTER IHM LAG ein verdammt harter Tag. Gestern war er halb betrunken ins Bett gestolpert und dank der Schwere des Alkohols in seinem Blut ganz gut eingeschlafen. Heute war er mit dem Gedanken aufgestanden, dass sich alles veränderte. Eli im Büro zu sehen, das breite Grinsen auf dem Gesicht, dem er sonst so verfallen war, und jedes mal diesen kleinen Stich zu fühlen, weil er nun mit Sicherheit wusste, dass es ihm niemals gehören würde ... das war unerwartet schwierig.

Tavi meisterte die Situation mit Übung, blieb in seiner Rolle. In der Rolle des besten Freundes, der selbstverständlich nicht seit zwei Jahren in Eli verknallt war und ihm eine tolle Ehe und ganz viele Babys mit Lola wünschte.

Als jetzt die Haustür hinter ihm zuflog, fiel die Maske herunter und Tavi stapfte grimmig darüber hinweg. Es war anstrengend. Jetzt wollte er sich nur noch entspannen.

Tavi kochte sich einen Kirschtee und schlürfte ihn mit einer Extra-Portion Zucker vor dem Computer, während lustige Tiervideos liefen. Sein Hirn brauchte das gerade. Ein bisschen der echte Tavi sein, der keinem was vormachen musste. Nicht mal sich selbst. Nach einer halben Stunde fühlte er sich besser und wagte sich wieder an das Problem heran. Überlegte, was er tun konnte. Wie kam man am besten aus so einer Verliebtheit heraus? Indem man sich jemand anderem zuwandte ... aber die einzigen Männer, denen Tavi sich zuwenden konnte, waren digital.

Mit einem schweren Seufzen öffnete er ein geheimes Tab in seinem Browser und tippte ein paar passende Suchworte ein. Das Mausrad ratterte leise, als er durch die Galerien mit den Video-Vorschaubildern scrollte.

Er klickte das erste an, das ihm gefiel. Zwei hübsche Twinks in Doggy-Pose. Hübsche, blanke, nackte Körper. Unverschleiert. Ineinander versunken.

Tavi rutschte tiefer in das Polster seines Schreibtischstuhls, ließ seinen Körper schwer gegen die Lehne sinken und betrachtete das Treiben auf dem Bildschirm. Wie die beiden sich nahekamen, küssend und streichelnd ihre Kleidung auszogen.

Er leckte sich über die Lippen. Die Erinnerung durchfuhr ihn heiß und prickelnd und jedes Streicheln auf dem Bildschirm wurde zu einer Berührung auf seiner Haut.

Es dauerte lange, bis er es wagte, sich anzufassen. Hatte er sich so sehr an seine Rolle gewöhnt?

Mit einer Hand öffnete er die Hose und holte seinen Schwanz heraus, mit der anderen startete er ein weiteres Video. Gleich drei Typen, die sich wild übereinander hermachten. Tavis Körper war so aufgeladen mit Hitze und Begierde, dass er nicht einmal bis zum Ende des Filmchens durchhielt.

Als er kam, hielt seine rechte Hand schon das Taschentuch und fing die Ladung ab. So ganz hatte er die Kontrolle wohl nicht losgelassen, wenn ein Teil seines Hirns immer noch damit beschäftigt war, die Umgebung sauberzuhalten.

Trotzdem fühlte er sich besser, seine Muskeln leichter. Träge sah er den drei Männern dabei zu, wie sie in allen möglichen und unmöglichen Positionen über-, hinter- und umeinanderkrochen. Seine Augen folgten dem Geschehen, aber sein Kopf stellte sich lieber die Frage, wie Sex mit Eli wohl gewesen wäre.

Eine echt unangebrachte Frage. Hatte er das hier nicht gerade gemacht, um sich von genau solchen Gedanken zu befreien? Seine Aufmerksamkeit musste ein anderes Ziel finden.

Er sperrte sich gegen die Bilder, die sich in seinem Hirn formen wollten und zwang sich, sich abzulenken. Seine Pupillen zuckten nach rechts zum Rand der Website, wo ein Werbebanner aufleuchtete.

„Was für ein mieses Layout", sagte er zu sich selbst und lachte knapp. „Hey, 1995 hat angerufen und will seine Design-Ästhetik zurück."

Tavi lehnte sich ein Stück vor und musterte das Teil genauer. Farben und Schriftarten passten überhaupt nicht zusammen. Es war zwar nicht Comic Sans MS aber dafür so eine Schnörkel-Font, die in dieser geringen Größe keiner entziffern konnte. Sollte edel wirken – erreichte aber das Gegenteil. Total trashig. Aber gerade das weckte seine Neugier. Bei genauerem Hinsehen entdeckte er noch mehr Worte, die in der Grafik versteckt waren. *Anonymität* war eines davon. In den vier Ecken des Banners klebten Masken. Führte der Banner zu einer anderen Pornoseite? Passte irgendwie nicht.

Tavi zuckte mit den Schultern und klickte auf die Anzeige. Das war eine Premiere. Normalerweise klickte er nie auf Werbebanner. Nicht mal auf die Guten.

Ein neues Fenster öffnete sich.

Die Website, die sich ihm präsentierte, sah ganz anders aus als die Anzeige. Viel zeitgemäßer. Aber auch hier schien es um Masken zu gehen. Neugierig überflog er den Text, wobei seine Augen immer größer wurden.

Offenbar hatte ganz in seiner Nähe ein neuer Club seine Pforten geöffnet. Einer, der seinen Besuchern Sicherheit und Anonymität versprach. Alle Besucher trugen Masken, um ihre Identität zu verhüllen, und es war ein Haus nur für Männer, in dem alles erlaubt und nichts vorgeschrieben wäre, solange alle Parteien zustimmten. Eine Begegnungsstätte, ein Spielplatz, ein geheimer Treffpunkt – was auch immer man daraus machen wollte.

Einige wenige Fotos lieferten eine Vorschau auf das Haus. Edel dekorierte Räume wie aus einem anderen Jahrhundert. Tavi sog jedes Foto und jedes Wort in sich auf. Leider gab die Seite wirklich nicht viel her. Aber des Wichtigste fand er: die Adresse.

Was wenn er sich das mal ansah?

Er konnte seinen Wagen ein Stück entfernt vom Gebäude parken oder ein Taxi nehmen. Schon maskiert einsteigen, wenn er wollte. Das Etablissement lag nicht direkt in der Stadt, sondern eher abgeschlagen in der Nähe des Highways.

Wenn dort niemand wüsste, wer er war, könnte das wirkliche Freiheit bedeuten. Eine geschützte Umgebung, in der er sich trotz einer neuen Maske Dinge erlauben konnte, die im normalen Leben nicht möglich waren. Männer kennenlernen. Sex mit ihnen haben. Sich ganz anders ausleben als hier vor dem Computer.

Diese Website schrie: *Ich bin die perfekte Ablenkung von Eli.* Und das war sie auch. Aber war das nicht zu einfach? Es gab ja trotzdem Risiken, oder? Aber wenn er bar bezahlte?

Hin und her gerissen saß er da und wippte mit dem Fuß. Sein Blick wanderte zu dem zerknüllten Taschentuch, das vor ihm auf dem Schreibtisch lag, dann zu seinem offenstehenden Hosenstall.

Ließ er sich zu sehr von seinen Begierden leiten?

Die Kollegen kannten ihn als jemanden, der strategisch und gleichzeitig kreativ war. Jemanden, der die Kontrolle behielt. So kannte er sich selbst auch. Aber er brauchte auch etwas ... das spürte er mehr als deutlich.

Ein bisschen Nähe. Jemanden, den er anfassen konnte. Himmel, er wusste ja nicht mal mehr, wie sich ein richtiger Kuss anfühlte. Echte Männerlippen. Bartstoppeln auf seinem Gesicht. Es war viel zu lange her. Ganz normal, dass er sich das wünschte.

Und hatte er sich das nicht auch verdient? Eine kleine Belohnung für die harte Schufterei in den letzten Monaten und Jahren? Er hatte alles in diese Rolle gesteckt. In *Teamleiter Octavius*, wie Eli ihn genannt hatte.

Es war Zeit, dass er dem einsamen Tavi, der hinter diesem Kostüm steckte, auch mal etwas gönnte. Er musste ja nicht gleich vollkommen eskalieren. Nur hinfahren, die Lage abchecken. Erstmal gucken. Und für den Fall, dass ihn irgendwie doch jemand entdeckte und enttarnte, würde er sich eben eine Geschichte zurechtlegen, warum er ausgerechnet dieses Haus besuchte.

KAPITEL 3

AM TAG DER Eröffnung fühlte Jackson sich wie bei der Aufführung des ersten Stückes, bei dem er Regie geführt hatte. Nur, dass ihm heute sozusagen auch noch das Theater gehörte, und er gleichzeitig Bühnenbildner war. Seine Schauspieler waren die Besucher, ihre Kostüme die Masken. Ein Drehbuch gab es nicht – alles war improvisiert und das Publikum waren nur sie selbst und ein paar Sicherheitskameras.

Jack lehnte in einer geschützten Ecke im Eingangsbereich des Clubs und betrachtete seine Besucher. Die verschiedensten Männer aus allen Altersschichten. Die meisten hatten sich schick zurechtgemacht, trugen Anzug und Krawatte. Manche kamen in Lederkluft, andere in Alltagskleidung. Es bot Unterhaltung, die Wahl ihrer Masken zu analysieren. Tiere waren beliebt, dicht gefolgt von Helden- und Schurkenmasken und gruseligen Exemplaren aus irgendwelchen Horrorfilmen. Dazwischen gab es viele, die einfach nur nett dekoriert waren und wahrscheinlich nicht zu sehr vom Wesentlichen – den durchtrainierten Körpern – ablenken sollten.

Den Typen, der hier nicht hingehörte, erkannte er sofort. Er trug eine der unauffälligen Masken und steckte in einem dunkelblauen Anzug. Jack folgte ihm mit etwas Abstand und beobachtete, wie er die Räume inspizierte. Als er ein Smartphone aus seinem Ärmel hervorzauberte, trat Jack an ihn heran und hielt ihn am Handgelenk fest.

„Mobiltelefone sind hier verboten. Normalerweise müssen sie am Eingang abgegeben werden", erklärte er ruhig, obwohl er wusste, dass diesem Herrn das durchaus klar war. Er erkannte ihn in dem Moment, als er ihm in die Augen sah.

„Sei doch nicht so, Jack." Monty grinste und seine eingebildete Überlegenheit drang aus allen Poren und quoll förmlich unter der Maske hervor. „Ich wollte nur ein paar Eindrücke festhalten. Hast es dir ja wirklich schön eingerichtet hier."

„Du brauchst meine Genehmigung, um hier zu fotografieren", klärte er ihn auf. „Dass du dir aus Regeln nicht viel machst, weiß ich bereits, aber in diesem Fall wirst du sie einhalten, denn das hier ist mein Haus."

Monty steckte das Smartphone ein. „Tut immer noch ganz schön weh, dass du ersetzt wurdest, oder? Aber hey, ich habe selten einen so exquisiten Ort zum Heulen gesehen wie den hier. Das ist doch schon mal was."

„Ich gratuliere dir zu deinen Erfolgen, Monty. Wie du siehst, bin ich weitergezogen", sagte Jack und blickte Monty ohne Bedauern in die Augen. „Und wie *ich* sehe, bist du mir hinterhergelaufen." Nun war er es, der grinste. „Was brauchst du also? Einen Rat von einem erfahreneren Kollegen, oder einen Fick für deinen jungfräulichen Arsch?"

„Du bist so obszön. Ein ganz schön krasser Absturz."

„Ist das ein Nein?" Jack wusste, dass er gewonnen hatte. Er konnte trotz der Maske erahnen, wie Montys Gesicht versteinerte. Die Anspannung in seiner Kiefermuskulatur war klar zu erkennen. Ein winziges Nachvornlehnen seinerseits reichte, und er wich schreckhaft vor ihm zurück.

Jack legte noch einen drauf und griff in das Regal, das neben ihnen stand. Er kannte die Orte, an denen hier überall die Hilfsmittel versteckt waren. Mit zwei Fingern zog der ein Kondompäckchen hervor und ließ die Folienverpackung knistern.

„Das ist sexuelle Belästigung", stammelte Monty und hob die Hände, als sei er sich sicher, dass er sie gleich zur Abwehr würde einsetzen müssen.

Jack musste lachen. Er ließ die Hand mit dem Kondom sinken. „Du kommst undercover hierher: In mein Haus. In einen Sexclub für Männer. Mit der Absicht *mich* zu ficken, indem du mir nochmal richtig schön unter die Nase reibst, dass du mich aus meiner alten Position verdrängt hast."

Montys Lippen bewegten sich, aber er sagte nichts. Schließlich schüttelte er den Kopf. „Du bist echt eine traurige Existenz." Das schien das Beste zu sein, das ihm noch einfiel.

„Ich begleite dich zum Ausgang."

Sie sprachen kein Wort mehr und als Monty schließlich durch die Eingangspforte verschwand, fühlte Jack, wie dieser Teil seiner Vergangenheit ihn verließ. Die Zeit am Theater hatte ihn beruflich sehr glücklich gemacht. Ja, es hatte geschmerzt, verdrängt zu werden, und Monty hatte das sehr geschickt angestellt, sich bei Vorgesetzten und Entscheidern gut positioniert und zweifellos auch gute Arbeit gemacht. Natürlich war er enttäuscht gewesen. Frustriert und einige Zeit wirklich am Boden, weil es sich angefühlt hatte, als hätte er nun wirklich alles verloren. Aber er hatte nicht darin verharrt, sondern neue Pläne gemacht, neue Wege gefunden.

„Achtet bitte besser darauf, dass keine unerwünschten Gegenstände nach drinnen gelangen", wies er seine Leute an und rückte dann seine Maske zurecht. Jetzt hatte er erst richtig Lust, die Eröffnung zu feiern ... und warum sollte er als Besitzer nicht auch die Vorzüge seines Clubs genießen?

*

„Ja, das waren noch Zeiten damals, oder?", setzte seine Großmutter jetzt zum vierten Mal an. Tavi

34

lächelte brav und nickte ihr zu. Er wusste, dass es ihr am meisten Freude bereitete, wenn er einfach zuhörte. Sie stapften über das längliche Grundstück. Rechts und links erhoben sich die Reste des ehemaligen Gemüsegartens, der langsam verwilderte. Er hatte seiner Oma schon vor Monaten angeboten, ihr eine Gartenhilfe zu finanzieren, aber sie wollte nicht. *Mir gefallen die Schmetterlinge, die von den Brennnesseln angelockt werden besser als die Karotten*, hatte sie gesagt.

„Opa hat hier ganze Tage verbracht."

„Ich weiß", murmelte Tavi. Die Werkstatt kam näher. Eigentlich war es mehr eine windschiefe Holzhütte, von der er sich fragte, wie sie die letzten Sommerstürme überstanden hatte, aber sein Großvater hatte sie immer als seine Werkstatt bezeichnet.

Seine Oma streifte die Gartenhandschuhe ab und brauchte eine Weile, um den richtigen Schlüssel aus dem Bund zu fischen. Tavi riss einige der am höchsten sprießenden Unkräuter aus, während sie mit der Tür beschäftigt war.

Am plattgetretenen Gras konnte er erkennen, dass seine Oma öfter herkam, als sie wahrscheinlich zugeben hätte. Und er konnte sie verstehen. Als die Tür aufging und den Blick ins Innere der Hütte freigab, war es, als würde sein Großvater ihm ein halb-abwesendes „Komme gleich" entgegenrufen. Er hatte oft das Mittagessen kalt werden lassen, weil eine seiner Basteleien noch unbedingt fertig gestellt werden musste. Nicht, weil er besonders viele Aufträge gehabt hätte, sondern weil es seine Leidenschaft gewesen war.

Für ihn als Kind war die Werkstatt ein Ort voller Wunder gewesen. Der Geruch von verschiedenen Klebstoffen, Farben und Holz erwachte zum Leben, als er den Raum betrat. Werkzeuge und Materialien bevölkerten die Arbeitsflächen, als hätte sein Opa gerade erst die Arbeit niedergelegt. Auch der fehlende Staub war ein Zeichen dafür, dass Oma öfter herkam.

Wahrscheinlich bläute seine Mutter ihr regelmäßig ein, dass sie damit abschließen sollte. Sie war nie der sensibelste Mensch gewesen.

Tavi schenkte seiner Oma ein Lächeln, bevor er sich den Masken zuwandte, die die Stirnwand zierten. Es waren mehr, als er erwartet hatte.

„Als Kind mochte ich vor allem, wie vielfältig und bunt sie waren. Jetzt sehe ich, dass er wirklich ein Künstler war", murmelte er und Wehmut legte sich um sein Herz. Es war schade, dass er nicht mehr Zeit mit ihm verbracht hatte. Irgendwie war das nach der Grundschule immer weniger geworden … seine Eltern hatten nicht mehr gewollt, dass er nachmittags zu ihnen ging. Er war dann direkt nach Hause gekommen.

„Das haben viele nicht gesehen", sagte sie und strich über einige Kerben in der Tischkante. „Er hat manchmal sehr lange verhandeln müssen, um die Kostüme zu verkaufen. Dabei war das noch eine Zeit, als man noch nicht alles mögliche online bestellen konnte."

Tavi schnaufte leise. Irgendwelche Faschingskostüme aus dem Online-Versand waren denen, die Opas Schneiderpuppen trugen, nicht ebenbürtig. Das fing schon bei der Auswahl der Stoffe an. Zum Glück waren es nur noch zwei, die hier herumstanden. Es war ein trauriges Bild. Eigentlich hätte man sie ausstellen – oder eben benutzen müssen. Das hätten sie verdient, dafür waren sie gemacht worden.

Er wandte sich wieder den Masken zu, ließ den Blick über die Wand schweifen und nahm nacheinander einige von ihren Haken.

„Er würde sich freuen, dass du eine von ihnen ausführen willst."

Tavi brummte zustimmend, obwohl er doch leise Zweifel hatte. Sicher, das Ausführen an sich hätte ihm gefallen – aber das Umfeld? Tavi versuchte, nicht zu genau darüber nachzudenken. Keiner in seiner Familie wusste von seiner Homosexualität und das war wohl auch besser so.

Es war eine weiße, edel verzierte Maske, die seine Aufmerksamkeit anzog. Die Oberfläche war samtig weich und schimmerte. Die Ränder waren golden verziert, die Umrandung der Augen schwarz wie sein eigenes Haar. Tavi pustete die Rückseite ab und setzte sie sich vorsichtig aufs Gesicht.

Sie passte ihm unerwartet gut, schmiegte sich bequem an seine Züge, ohne zu drücken. Die Löcher für die Augen lagen genau dort, wo sie sein sollten, und es war perfekt, dass die Maske kurz über seiner Oberlippe endete. Genau so war es für den Club am praktischsten.

„Die kleidet dich ganz wunderbar", sagte seine Oma und klatschte begeistert in die Hände.

„Sie passt wie angegossen", murmelte er.

„Dann musst du sie mitnehmen." Sie freute sich sichtlich darüber, und Tavi wusste, dass er jetzt sowieso keinen Rückzieher mehr machen konnte, wenn er sie nicht traurig machen wollte.

„Ich werde sie in Ehren halten."

KAPITEL 4

NUR MAL GUCKEN, wiederholte Tavi in Gedanken. Bei jedem Schritt tiefer in das Gebäude hinein echoten die Worte in seinem Kopf und verloren jedes mal ein wenig an Bedeutung. Schon jetzt blieb es nicht beim Gucken. Dieser Ort war nicht nur zum Ansehen da – er war voller Gerüche und Geräusche. Leise Stimmen in jeder Ecke. Lockende Männerparfüms. Über allem schwebte eine Atmosphäre aus Erlesenheit und Geheimnis. Es war ganz anders als in den Clubs.

Tavi schritt andächtig durch die große Halle am Fuße der Galerie, in deren Zentrum ein Springbrunnen plätscherte. Helle hohe Wände mit goldenen Ornamenten streckten sich zu einer weißen Decke, von der ein glitzernder Kronleuchter hing, dessen Lichter wiederum im Wasser des Brunnens tanzten.

Zwei Männer saßen auf den polierten Steinfliesen, jeweils einen Arm auf dem Rand des Brunnens abgelegt und die Blicke tief ineinander vergraben. Sie sprachen leise und vertraut, Tavi konnte sie nicht belauschen und irgendwie gab ihm das etwas mehr Sicherheit.

Er war hier nicht der Einzige, der ein Geheimnis hütete. Alle, die hierherkamen, trugen ihre Masken aus irgendeinem Grund. Man verstand ihn hier. Sicherlich besser als draußen.

Ein kleines, erleichtertes Lächeln huschte über sein Gesicht, als er sich von den beiden abwandte und weiter am Rande der Galerie entlangspazierte. Ölmalereien verzierten die Wände, ergänzten das historisch anmutende Ambiente.

Als er auf einen Lageplan stieß, musste er schmunzeln. Er war in einen verzierten Rahmen eingelegt und ebenfalls gemalt – nicht gedruckt. Tavi studierte die Beschriftungen der einzelnen Zimmer. Es gab eine Art Spa-Bereich und mehrere Räume mit Schwimmbecken und Whirlpools. In der Keller-Etage schien es so etwas wie einen Kerker zu geben, außerdem mehrere *ausgestattete* Spielzimmer mit bestimmten Themen. Hier im Erdgeschoss dagegen schien es eher um Begegnung zu gehen ... Teezimmer, Lesezimmer, Tanzsaal, Miniatur-Theater. Erst in der oberen Etage klang es mehr nach kuscheliger Zweisamkeit. Ein Raum lockte mit einem Kamin und Felldecken und daneben gab es Schlafzimmer mit verschiedenen Themen von Moulin Rouge bis U-Boot. Hier hatte sich jemand wirklich etwas einfallen lassen.

Jemand kam ihm entgegen und Tavi hob die Hände reflexartig ans Gesicht, um den Sitz seiner Maske zu prüfen. Sie bedeckte großzügig den gesamten Bereich vom Haaransatz bis zur Oberlippe. Ihre Form schmiegte sich perfekt an seine Züge an, ließ seiner Nase ausreichend Platz und sparte die Augen an genau den richtigen Stellen aus. Sie saß so gut, dass er für eine Minute vergessen hatte, dass er sie trug. Ohne, dass er es beabsichtigt hatte, passte seine Maske perfekt in das Ambiente. Auch wenn er immer noch ein komisches Gefühl wegen ihr hatte, weil es sich ein bisschen so anfühlte, als würde er die Arbeit seines Großvaters beschmutzen ... so fühlte er sich durch sie auch beschützt. Sie verbarg seine Identität, und ein Blick in den ovalen Spiegel, der neben einer der Türen hing, bestätigte ihm das. Er war ein Fremder, hätte jeder Mann sein können. Niemand würde ihn bloß an den Haaren oder der Farbe seiner Augen erkennen. Er hatte keine besonderen Merkmale, kein auffälliges Muttermal am Kinn, oder etwas anderes, das ihn entlarven könnte.

Sollte er trotzdem *nur gucken*?

Tavi öffnete die Tür, an der er angekommen war. Das hier war ohne Zweifel das Theater. Mit vor Staunen geöffnetem Mund trat er ein. Es gab eine richtige Bühne mit Scheinwerferlicht, roten Vorhängen und einen Zuschauerbereich mit mehreren Rängen und langen Bänken.

An den Rändern des Raumes streckten sich beeindruckende Säulen zur Decke. War das alles nur fürs

Auge oder fanden hier sogar Vorstellungen statt? Und wenn ja: Was für welche?

Mit den Händen auf der Lehne der hinteren Bank stand Tavi da und bestaunte das Theater. Das feine Holz der Möbel und die edel aussehenden Stoffe, die die Bühne verhängten. In der ersten Reihe saßen mehrere Männer und unterhielten sich leise.

„Warum setzt du dich nicht?"

Verwundert wandte er den Kopf. Jemand hatte sich zu ihm gesellt und stand nun in derselben Pose neben ihm hinter der letzten Bankreihe. Ein Mann, der ihn um einen halben Kopf überragte. Er trug ein langärmeliges Hemd und seine Maske glänzte wie Bronze und hatte löwenhafte Züge.

Tavi wagte keinen direkten Blick in die fremden Augen, also wich er ihm aus, indem er wieder zur Bühne schaute. „Ich bewundere nur das Ambiente. Eigentlich bin ich nicht hier, um mir ein Stück anzusehen. Falls es eines gibt. Ich habe im Alltag schon genug Schauspiel."

„Es gibt tatsächlich eins. Das Haus stellt sich jungen Künstlern zur Verfügung, die hungrig auf eine Chance sind."

„Oh, das wusste ich nicht." Der Betreiber schien ein Herz für Kunst und Schauspiel zu haben, wenn er sich so etwas ausdachte.

„Das Haus steckt voller Überraschungen."

Das kleine Lächeln, das auf den fremden Lippen erschien, wirkte beinahe vertraut und brachte Tavi dazu, nun doch den Blick zu heben und den Mann genauer anzusehen. Die Augen hinter der Maske waren von einem dunklen Braun. Mehr ließ sich nicht erkennen. Selbst das Alter war schwer zu schätzen hinter so einer Maske, aber Tavi ging davon aus, dass sein Gegenüber etwas älter als er selbst war.

Im normalen Alltag war ein fester Blickkontakt seine leichteste Übung. Aber jetzt und hier fühlte es sich an, als würde er mit jeder Sekunde riskieren, dass seine Augen verbrannten, weswegen er sich schnell wieder abwandte.

„Ich wünsche dir noch viel Spaß heute Abend." Der Abschied kam Tavi verdammt plötzlich vor, obwohl sicher einige schweigende Sekunden vergangen waren, in denen der Fremde noch neben ihm gestanden hatte.

Fast wäre er ihm hinterhergerannt, aber das kam ihm doch etwas kindisch vor. Der Mann schien Interesse an ihm gehabt zu haben, aber in einem ganzen Anwesen voller Kerle konnte er wohl nicht erwarten, stundenlang umworben zu werden.

Wollte er ja auch gar nicht, oder? Er wollte sich nur ablenken und flachgelegt werden. Nicht unbedingt in diesem schicken Theater, aber so ganz allgemein. Warum war er dann so zögerlich?

Zurück auf dem Flur stieß er mit jemandem zusammen. Der Kerl schüttete halb seinen Drink über ihn und helle grüne Augen starrten ihn erschrocken an. Doch dann wurden sie weicher. „Hey. Entschuldige." Seine Stimme war ein bisschen heiser, aber freundlich, was der gruseligen Maske, die er trug, total widersprach.

Mit dem Saum seines Ärmels versuchte er, den feuchten Fleck von Tavis Shirt zu wischen, aber er schien nur den Geruch des Weins tiefer in den Stoff einzuarbeiten.

„Schon gut", murmelte Tavi und wich ein Stück vor ihm zurück.

„Hey, willst du ... das vielleicht ausziehen?" Der Fremde neigte den Kopf und grinste.

Der Mann trank einen Schluck aus dem Glas und leckte sich lasziv über die Lippen. Als Tavi weiterhin zögerte, griff der andere nach seinem Nacken und wollte ihn zu einem Kuss heranziehen, aber Tavi wich aus und stolperte an ihm vorbei.

Seine Beine hatten die Entscheidung schneller getroffen als sein Kopf.

Keine Ahnung, wovor genau er Angst hatte – aber er hatte sie. Vielleicht lag es an der Horrormaske, die der Mann trug. Tavi beeilte sich, um die Ecke zu biegen, und war froh, dass der Kerl ihm nicht folgte.

„Richtig toll", murmelte er zu sich selbst und wollte sich mit den Händen übers Gesicht reiben, traf aber nur auf seine Maske. Mit einem leisen, verzweifelten Lachen ließ er sie wieder sinken.

Warum war er denn so? Warum fiel es ihm so schwer, sich auf dieses Abenteuer einzulassen? Hatte er verlernt, wie das ging? Oder fehlte ihm seine *andere* Maske? Die, die er im Alltag trug? War der andere Tavi wirklich so scheu und unsicher? Oder hatte er in

Wirklichkeit Angst davor, richtigen Sex zu haben? Gut, das letzte Mal war zwei Jahre her, aber das verlernte man ja nicht. Und er wollte es ja, verdammt nochmal! Von Eli hätte er sich sofort ... „Ach fuck."

Genervt von sich selbst stieß er den Atem aus.

Gut, dass der Abend noch jung war.

Tavi schlich weiter durch das Haus und tat vor allem das, was er sich ursprünglich vorgenommen hatte: beobachten. Er bewunderte die stilsicher ausgewählten Möbel und Farben und hier und da auch die Männer, die sich in den verschiedenen Zimmern aufhielten. Die meisten waren bereits miteinander beschäftigt und bemerkten ihn gar nicht. Er ging an mehreren knutschenden und fummelnden Pärchen vorbei und an einigen, die sich intensiv unterhielten. Ein paar spielten in dem Raum mit der Bar Dart und in einer Nische hinter der Treppe ging es unerwartet stark zur Sache.

Es war nur ein kurzer Augenblick, ein schnelles Vorübergehen an der Stelle, von wo aus er die beiden richtig sehen konnte, aber es reichte, um ihm ein warmes Prickeln in den Schritt zu jagen.

Masken, bekleidete Oberkörper und nackte Unterleiber. Der eine hatte beide Beine um die Hüften des anderen geschlungen und keuchte hart, während sie sich gemeinsam bewegten. Tavi ging eilig weiter, verschwand hinter der nächsten Tür und lehnte sich gegen die Wand.

Er war im Poolbereich gelandet. Ein graugefliester Raum, der an ein kleines Schwimmbad erinnerte, streckte sich vor ihm aus. Das Becken war rechteckig, gefüllt mit kristallklarem Wasser und unberührt wie eine geheime Quelle. Kleine Lampen, die unterhalb der Oberfläche in die Wände eingelassen waren, und ihr goldenes Licht im Wasser verstreuten, verliehen dem Bild etwas nahezu Romantisches.

Zwei Liegestühle standen am Rand des Beckens. Und auf einem von beiden saß jemand, der wohl von dort aus die Füße ins Wasser hielt. Ein Mann mit breiten Schultern und dunkelbraunem Haar. Seine Maske konnte er nicht sehen, weil er ihm den Rücken zuwandte. Vielleicht war er außer ihm der Einzige hier im Haus, der noch niemand Passenden gefunden hatte. Was ja irgendwie dafür sprach, dass sie sich verstehen würden.

Mit leisen Schritten näherte er sich dem anderen und setzte sich schließlich auf den freien Liegestuhl. „Die Gestaltung dieses Hauses stiehlt so manchem Besucher beinahe die Show, oder?", fragte er.

Der Mann drehte den Kopf und Tavi erstarrte. Es war der Löwe. Das hätte ihm doch schon an dem Hemd auffallen können. Mit einem Lächeln versuchte er, die kleine Peinlichkeit zu überspielen.

„Manchem schon, ja", erwiderte sein Gegenüber mit der angenehm vollen Stimme. Sie passte zu seiner Maske. Dieser Mann strahlte eine mühelose Art von Stärke aus. Eine, die nichts mit seinem Körperbau zu tun hatte, obwohl der blaue Hemdstoff zweifellos ein paar nett geformte Oberarme verbarg. Das gefiel ihm.

Dieses Mal schaffte er es, ihn länger anzusehen. In den warmen Augen funkelte Interesse.

„Wolltest du schwimmen gehen?", fragte Tavi und nickte in Richtung des Beckens. Erst dabei fiel ihm auf, dass der Pool noch mehr als nur schöne Lichter zu bieten hatte. In den Boden waren Mosaike eingearbeitet. Blau und Braun und Golden setzten sich die Steinchen zu Bildern zusammen, die ihn an Motive auf griechischer Keramik erinnerten.

„Lust, mir dabei Gesellschaft zu leisten?"

„Ich habe keine Badehose ..." Noch während Tavi sprach, stand der Mann auf und sprang ins Becken. In voller Montur. Das Wasser schlug Wellen und schwemmte über den Rand. Es war nicht das erste Mal heute, dass Tavis Shirt nassgespritzt wurde. Überrascht starrte er den anderen an.

„Du bist ein bisschen scheu, was?" Der Löwe grinste.

Tavi nickte ertappt und zog die Schultern hoch.

„Ein wenig wohl schon. Das ist eine ungewohnte Situation für mich. Ich gehe selten aus."

„Ist das dein erstes Mal mit einem Mann?"

„Nein!", erwiderte Tavi ein wenig empört. „Nein, das ist es nicht."

„Lass dich nicht ärgern." Der Löwe ließ ein kleines Lachen hören. „Ich war nur neugierig. Weißt du, hinter diesen Masken könnte alles Mögliche liegen. Du könntest ein ausgebüchster katholischer Priester sein, der sich hinter seiner Engelsmaske versteckt und den seine verbotenen, sündigen Gedanken an diesen verruchten Ort getrieben haben."

Tavi runzelte die Stirn hinter der Maske. Der Mann hatte Fantasie.

„Vielleicht bin ich auch ein Filmstar, der sich endlich mal unters normale Volk mischen möchte."

„Durchaus möglich." Der Löwe machte ein paar Züge durch das Becken. Tavi war kein Profischwimmer, aber für ihn sahen die Bewegungen präzise und routiniert aus. Sicherlich eleganter als bei ihm.

Wer wohl hinter der Bronzemaske steckte? Einfach nur jemand, der das Abenteuer suchte, oder jemand, der wie er einen Grund hatte, sich zu verstecken? Vielleicht war er ein Familienvater auf Abwegen. Wahrscheinlich würde er es niemals erfahren ... und genau das machte ja auch irgendwie den Reiz aus, oder?

Sie waren zwei Fantasien. Jeder für den jeweils anderen. Es war ein Spiel. Und Tavi wollte mitspielen. Genau darauf bedacht, sich nicht aus Versehen die Maske vom Gesicht zu reißen, zog er sich das Shirt über den Kopf und legte es neben sich.

Der Löwe betrachtete sein Tun interessiert, fragte sich wohl – genau wie Tavi selbst – ob er sich komplett ausziehen würde. So zögerlich er am Anfang gewesen war, so entschlossen fühlte er sich nun, als er die Hose herunterließ, die Finger in den Bund seiner Shorts hakte und das letzte Stück Stoff von seinen schmalen Hüften streifte.

Was für ein seltsames Gefühl, ganz nackt vor einem Fremden zu stehen, während sein Gesicht bedeckt blieb. Tavi schluckte und stieg über die Treppe ins Wasser. Er war nervös, aber es war anders als vorhin mit dem Grusel-Masken-Typen. Er wollte nicht weglaufen. Ganz im Gegenteil. Das kühle Wasser schaffte es kaum, die Hitze in seinem Inneren zu beruhigen. Schweigend stand er dem Fremden gegenüber, der ihn unverhohlen musterte. Ihm schien zu gefallen, was er sah. Leider machte er selbst keine Anstalten, sich auszuziehen.

„Wer ist jetzt scheu?"

KAPITEL 5

JACK VERWARF DIE Priester-Theorie. So provokant wie dieser junge Mann sich vor ihn stellte, verbarg sich hinter der Engelsmaske wohl eher ein kleines Teufelchen – auch, wenn man es offenbar erst herauskitzeln musste.

Er war sich nicht sicher, was er von ihm halten sollte, und ob dieses plötzliche Selbstbewusstsein echt oder gespielt war, aber er musste ihn haben. Der Junge war perfekt, um die Eröffnung zu feiern. Ein leckeres Häppchen auf einem silbernen Tablett.

Ohne den Blick von den hübschen blauen Augen zu nehmen, trat er an ihn heran und legte die Hand an seine Hüfte. Weiche, nackte Haut. Der Engel hob das Kinn und ein Schwall heißen Atems streifte seinen Hals. Feingliedrige Finger packten seinen Hemdkragen. Jack ließ sich nicht lange bitten und kam dem jungen Mann zu einem Kuss entgegen.

Hungrig schmiegten sich die fremden Lippen gegen seine und Jack konnte gar nicht anders, als die Hand nach hinten wandern zu lassen und herzhaft diesen perfekten Hintern zu kneten. Der Engel keuchte in seinen Mund. Was auch immer seine wahre Geschichte war: Dieser Mann hatte sehr lange auf so eine Situation gewartet. Jede Berührung ließ ihn erschaudern, Jack spürte das Beben in jedem Atemzug, er schien jetzt schon fast zu explodieren, obwohl sie gerade erst anfingen.

Er drang mit der Zunge in seinen Mund ein und genoss es, wie er sich immer heftiger an ihn klammerte, so als würde seine Nähe ihm jede Kraft rauben. Ob er ihn dazu bringen konnte, einfach so abzuspritzen?

„Langsamer, okay?", bat der Engel atemlos zwischen zwei Küssen. Dieser kleine Hauch von Verzweiflung in seiner Stimme war wahnsinnig heiß, aber er brachte ihn auch dazu, der Bitte nachzugeben.

Jack riss sich von den süßen Lippen los, die nicht wussten, ob sie ihn bremsen oder provozieren wollten, und verteilte ein paar Küsse auf dem Hals seines Gegenübers.

„Das ist wohl das, was manche *gemischte Signale* nennen, hm?", fragte er und streichelte den Rücken des jungen Mannes.

„Ich will das ja. Ich will es nur länger genießen können. Ich ... hab mich schlechter unter Kontrolle als ich dachte."

„Scheint ein sehr enthaltsames Leben zu sein, das ihr Hollywood-Stars so führt", neckte Jackson ihn und nahm den Blickkontakt wieder auf.

„Wirst du öfter herkommen?"

„Willst du mich daten oder was?"

„Nein, ich ... hab mich nur gefragt, ob mir dieser eine Abend reicht."

Irgendwie war der Kerl verdammt niedlich. Jetzt war Jackson sich sicher, dass er jünger sein musste als er selbst. Vielleicht Anfang zwanzig. Ein süßes Häppchen. Fast noch jungfräulich.

Er ging ein Stück in die Hocke, schob die Hände unter den Po des Engels und hob ihn hoch. Der junge Mann gab einen überraschten Schrei von sich, klammerte sich dann aber wie gewünscht an seinem Nacken fest und schlang die Beine um ihn.

Jackson grinste und trug ihn zum Beckenrand. Hier gab es auf halber Höhe einen Vorsprung im Wasser, auf dem er ihn absetzen konnte.

Sie waren sich verdammt nahe und beiden schien bewusst zu sein, wie wenig sie trennte. Nur eine nasse Lage Stoff – Jacksons Hose. Aber statt sie zu öffnen, genoss er lieber das erotische Prickeln. Diesen jungen Mann mit gespreizten Beinen vor sich sitzen zu haben und sowohl seine Erregung als auch diesen kleinen Hauch von Angst in ihm zu spüren, war viel zu geil, um es nicht auszukosten.

„Vielleicht werde ich tatsächlich öfter hier sein", sagte er und betrachtete unverhohlen, was sich ihm im glasklaren Wasser präsentierte. Ein hübscher Schwanz, der wie eine Eins von dem schlanken Körper abstand. Jackson betrachtete ihn, doch seine Hand kümmerte sich lieber um die prallen Eier des jungen Mannes. Der stöhnte erneut auf, als er ihn so anfasste, und die empfindlichen Teile mit seiner ganzen Hand umschloss.

Es störte kaum, dass sein Gegenüber eine Maske trug. Allein seinen Mund zu sehen, reichte, um die Verzückung auf dem jungen Gesicht zu erahnen. Er wollte mehr davon.

„Findest du es nicht gefährlich, dich einem Fremden so hinzugeben?", fragte er und packte fester zu. Sein Gegenüber wimmerte bittersüß.

„Ich bin wahrscheinlich verrückt", erwiderte der Engel. „Aber ich vertraue dir."

„Das ist wirklich verrückt." Ohne Vorwarnung schob er seinen Mittelfinger in die kleine Öffnung weiter unten, und ein kehliges Stöhnen drang aus dem hübschen Mund.

Sofort bewegte sich der Muskelring um seinen Finger herum, spannte sich an und ließ wieder locker ... ungeduldig. Gierig.

Jack bewegte seine Hand, stieß so tief vor, wie er konnte, zog den Finger wieder heraus, stieß erneut zu und machte kein Geheimnis daraus, dass das hier keine Dehnübung, sondern ein Fick war.

Und das Engelchen protestierte nicht. Es stöhnte, keuchte, wimmerte und bewegte die Hüften sündig zu seinem harschen Takt. Bestimmt brannte es längst, weil das Wasser allein keine wirkliche Schmierung bot, aber das schien den jungen Mann nicht zu stören. Er war völlig in Ekstase.

Seine schlanke Hand verließ Jacksons Schulter und tauchte ins Wasser. Die Perlen des Armbandes, das er trug, blitzten kurz auf. Für ein paar Sekunden schwand Jacksons Realität, ertrank in einer Erinnerung, die bis eben so weit entfernt gewesen war, wie etwas überhaupt nur sein konnte. Ein kalter Schmerz durchzuckte seine Sinne.

Im gleichen Moment bäumte sich der Mann vor ihm auf und spritzte seine Ladung ins Wasser. Keuchend suchte er Halt und schlang den Arm um Jack, der wie gelähmt dastand.

Dieses Armband. Konnte das Zufall sein? Sein Blick bohrte sich fester in die blauen Augen, die so gut zu einem Engel passten. Die schwarzen Haare, diese anschmiegsame Stimme ... er hatte von Anfang an das Gefühl gehabt, dass der Mann ihm nicht fremd war.

Der Boden unter seinen Füßen wollte schwinden und das Gewicht des jungen Mannes, der sich immer noch ganz benebelt an ihn klammerte, ihn umwerfen. Jack blieb standhaft, wenn auch in ihm gerade alles in sich zusammenfiel.

Erst jetzt zog er seinen Finger aus der heißen Enge heraus, legte die Hand an den Beckenrand. Ihm war heiß und kalt gleichzeitig und seltsamerweise war sein Körper immer noch erregt.

„Manchmal lohnt es sich wohl, verrückt zu sein." Der Engel grinste ihn an. „Das war echt geil. Und nur mit einem Finger ...“

Jackson schüttelte den Kopf. Seine Gedanken rasten. Das Alter müsste passen. Er war jung. Und er hatte damals schon wie ein Engel ausgesehen. Und das Armband. Aber ... selbst, wenn er es war ... was sollte er jetzt mit ihm tun?

„Wie wär's, wenn du dich jetzt hier auf den Beckenrand setzt und ich –"

„Nein", unterbrach Jack ihn und legte ihm den Daumen auf die Lippen, damit er aufhörte, zu reden. Er wollte keinen Blowjob von ihm. Das, was er wirklich gerade wollte, war geprägt von Zorn und Gewalt und damit wollte er sich ganz sicher nicht den Abend seiner Eröffnung versauen. Er musste nachdenken. „Das reicht für heute Nacht."

„Oh, du willst, dass es spannend bleibt, hm? Na gut, dann ... hoffe ich, dass wir uns bald wiedersehen. Ich würde nämlich wirklich gerne wissen, was du mit mehr als einem Finger anstellen kannst."

Das Brennen in seinem Blick schien sein Gegenüber als Begierde zu deuten. Jacks ganzes Gesicht war der reinste Krampf. In seinen Erinnerungen wühlte er nach dem Namen des Mannes aus seiner Erinnerung, der damals wirklich noch die Bezeichnung „Junge" verdient gehabt hatte. Tavi. Außergewöhnlich. Die ganze Erscheinung. Nicht verwunderlich, dass alle diesem Zauber erlegen waren. Selbst jetzt hinter der Maske besaß er immer noch diese Ausstrahlung. Gefährlich intensiv.

„Wir sehen uns ganz bestimmt wieder", sagte Jackson und der Klang seiner eigenen belegten Stimme bohrte sich in seinen Kopf.

Eine Stunde später stand Jack wieder in seiner Wohnung, die sich nur ein paar Straßen entfernt vom Maskenclub befand. Eine eigentümliche Kälte saß in seinen Knochen und Gliedern, die nichts mehr mit seinem bekleideten Ausflug in den Pool zu tun hatte. Die neuen, trockenen Sachen kamen nicht gegen das Gefühl an, das sich in ihn hineinfraß wie Säure. Obwohl Jack das wusste, rieb er sich die Oberarme und knetete die stählernen Muskeln unter dem Stoff. Er hatte sich lange nicht mehr so schwach gefühlt wie vorhin in dem Moment, als ihn die Erkenntnis getroffen hatte. Es war ein Schlag aus dem Hinterhalt gewesen, einer den er nicht hatte kommen sehen können.

Tavi. Immer wenn er den Namen in seinem Kopf wiederholte, war es Philipps Stimme, die ihn aussprach. *Das ist Tavi.*

Jack ließ sich auf den Stuhl vor dem Schreibtisch sinken und starrte in das Schwarz des ausgeschalteten Computermonitors.

Bei allen Orten, die es auf der Welt gab, hatte er in seinem Club am wenigsten damit gerechnet, diesen Mann zu treffen. Aber es passte. Schmerzhaft gut sogar. Schon damals hatte er ihm nicht getraut, aber auch nicht gewusst, was es war, das ihn so an dem

Kerl zweifeln ließ. Jetzt war es so klar wie das Wasser in dem Pool, in dem sie sich getroffen hatten.

Was nun? Sollte er zur Polizei gehen? Nein, das würde an diesem Punkt gar nichts bringen. Es war zu lange her und er hatte keine Beweise. Tavis Besuch in seinem Club war kaum mehr als ein Indiz. Er wusste inzwischen, wie das lief. Wie schwierig es war, Gerechtigkeit zu bekommen.

Nein, wenn er die wollte, musste er es selbst in die Hand nehmen.

Jack betrachtete sein Spiegelbild auf dem matten Schwarz des Monitors. Dieses Mal würde er es niemand anderem überlassen, die Wahrheit herauszufinden. Er würde Tavi bestrafen. Dafür, dass er ihm alles genommen hatte.

KAPITEL 6

DIE HÄNDE MÜSSEN mehr in Szene gesetzt werden", referierte Jeff Kingsley, der neuste dicke Fisch in ihrem Kundenbecken und deutete mit seinem Laserpointer auf die Anzeigenskizze. „Ich finde es etwas uninspiriert, wie hier mit den Fingern gearbeitet wird. Eigentlich bin ich extra zu Ihnen gekommen, weil mir hier Originalität versprochen wurde."

Es war vollkommen offensichtlich, dass Jeff sich nur künstlich aufregte, deswegen ließ seine Kritik Tavi eher kalt. Was ihn weniger kalt ließ, war das dauernde Gerede von Fingern.

Seit seinem Abend im Club dachte er sowieso schon jede freie Minute daran. Er hatte sogar angefangen, jedem Menschen, den er traf, auf die Hände zu schauen. Nicht ständig und nicht total offensichtlich, sondern auf die verstohlene Art, die man normalerweise an den Tag legte, wenn man andere Körperpartien mustern wollte.

Er war besessen.

„Das Besondere an unserer Smart-Jewelry ist gerade im Hinblick auf die Ringe, dass sie jedem passen, ohne zu stören. Kleine Hände, große Hände, dünne und dicke Finger – in jeder Lebenslage. So sollten wir sie auch zeigen, finde ich. Das bringt auch mehr Aufregung in die Anzeige."

Tavi konnte sich nicht dagegen wehren, dass sich vor seinem inneren Auge ein Bild aufbaute, auf dem einer von Jeffs hypermodernen Ringen an einem Finger steckte, der gerade in einer ganz bestimmten Körperöffnung verschwand. Eine Mischung aus Amüsement und Scham durchfuhr ihn und hinterließ ihre heißen Spuren auf seiner Haut. Hoffentlich achtete niemand auf seine Ohren. Seine Mundwinkel hatte er dank jahrelanger Übungen vor dem Spiegel gut im Griff.

Sein Chef, Mister Perkins erhob sich mit einem Räuspern. „Ich denke, die Stoßrichtung ist klar. Wir werden ein Konzept finden, das mehr Abwechslung und Dynamik vermittelt."

Natürlich werden wir das.

Jeff schüttelte Perkins' Hand und ließ sich aus dem Meetingraum begleiten. Tavi sah ihnen nach und schüttelte kaum merklich den Kopf über sich selbst. Vor drei Tagen hatte er die Büchse der Pandora geöffnet und seitdem fiel es ihm wirklich schwer, seine Rolle so zu spielen wie immer.

Er sah die Menschen um sich herum anders an. Vor allem die Männer. Als wäre sein Schwanz aus dem

Winterschlaf erwacht. Obwohl er sich heute früh einen runtergeholt hatte, meldete er schon wieder seine Bedürfnisse an.

Tavi war froh, dass er noch einen Moment sitzen bleiben konnte, und die anderen Kollegen über ihren Kaffeetassen und Notizen miteinander tratschten, ohne ihn zu beachten.

Als Perkins zurückkehrte, hatte er sich so weit im Griff, dass keine Gefahr mehr bestand. Der Chef kam direkt zu ihm. „Ich gehe davon aus, dass du schon klare Vorstellungen von der Kampagne hast?"

„Die neuen Entwürfe werden ihn beeindrucken", versicherte Tavi.

„Gut. Ich wollte dich noch wegen der Präsentation für das Miller-Projekt sprechen. Wer ist deiner Meinung nach am besten dafür geeignet?"

Mit Perkins' grauem Gesicht vor sich, fiel es ihm leicht, wieder in den Professionalitätsmodus zu wechseln. Tavi legte die Stirn in Falten, als würde er wirklich angestrengt nachdenken und abwägen müssen — dabei wusste er gleich, wen er nennen wollte.

Über die Jahre hatte er gelernt, dass Timing eine unheimlich mächtige Sache war. Gesprächspausen an den richtigen Stellen, oder eben sichtbares Nachdenken so wie jetzt. Das erhöhte den Eindruck von Gewissenhaftigkeit.

„Ich denke, Elijah wäre der richtige Mann dafür."

Er war fest entschlossen, Elis Karriere ins Rollen zu bringen. Sein bester Freund hatte es einfach verdient, dass man ihn wahrnahm. Es war allzu leicht, im

Haifischbecken der Werbeindustrie unterzugehen. Viele hier waren sehr motiviert, motivierter als Eli, der seine Ellbogen nicht so gern einsetzte, wie er sollte. Aber dafür hatte er ja ihn. Er würde ihm helfen, die Leiter hochzuklettern. Das war Ehrensache.

Am liebsten hätte Tavi jeden einzelnen Abend dieser Woche im Maskenclub verbracht. Jedes einzelne Mal, wenn er die Treppe des Bürogebäudes hinunterjoggte und die Nacht ihn mit ihrem kühlen Mantel empfing, wollte er nur nach Hause, die Maske überstreifen und wieder dorthin fahren.

Dabei gab es genug andere Dinge, die er mit seinen Abenden hätte anfangen können. Bessere Dinge. Nüchtern betrachtet. Sicher hätte es nicht geschadet, wenn er mal wieder einen Termin mit Alberto verabredet hätte, um an seinen Klavierkünsten zu feilen. Die nächste Firmenfeier kam bestimmt und die Chefs erwarteten jedes Jahr aufs Neue, dass er sie beeindruckte. Perkins' Frau Elisabeth liebte es, wenn er spielte, und es bestand kein Zweifel daran, dass sie enttäuscht wäre, wenn er zwei Mal dasselbe Stück präsentierte.

Leider war es nicht ganz so einfach. Er konnte die Gedanken an den Club und vor allem an das, was dort passiert war, nicht einfach abschalten. Es kam ihm eher so vor, als würden sie immer aufdringlicher werden, je mehr er sie beiseitezuschieben versuchte.

Vielleicht war es auch nicht nur das heiße Erlebnis gewesen, sondern auch dieser Mann. Okay, nicht nur vielleicht, sondern sehr wahrscheinlich. Tavi suchte ihn. Hier in der Stadt. Suchte seine Statur in jedem Mann, der ihm entgegenkam, als er auf dem Heimweg durch die Straßen streifte. Suchte seine Stimme im Radio und in der Straßenbahn und seinen Geruch in jedem Raum und jedem Windhauch.

Der Löwe. Er wollte ihm einen richtigen Namen geben. Vielleicht Leo. Nicht sehr einfallsreich und bestimmt auch kein Treffer ... jemand, der sich hinter einer Maske versteckte, würde sicherlich keine auswählen, die Rückschlüsse auf seine wahre Identität zuließ. Wahrscheinlich mochte er einfach nur die Symbolik.

Es war auch egal, wie sein echter Name war. Schon diesen Fantasienamen zu haben, brachte sie irgendwie näher zueinander, machte den Mann greifbarer. Irgendwo hier in der Stadt oder in der näheren Umgebung musste er leben und arbeiten, so wie er auch.

Und vielleicht wartet er jeden Abend darauf, dass du wieder auftauchst und dich revanchierst.

Tavi verzog den Mund. Eigentlich nur ein Grund mehr, bald wieder hinzufahren. Aber würde es das nicht noch schlimmer machen? Er hatte jetzt schon das Gefühl, an einer Nadel zu hängen.

Andererseits war es doch genau das, was er hatte erreichen wollen. Er hatte Ablenkung gesucht. Ablenkung von Eli ... und das funktionierte definitiv. In den letzten 72 Stunden hatte er viel weniger als sonst über ihn nachgedacht.

„Na gut", sagte er leise zu sich selbst. „Am Freitag."
Das waren immer noch quälend viele Stunden, aber
einen klaren Termin für seinen nächsten Besuch zu
haben, erfüllte ihn dennoch mit einem freudigen
Prickeln. Er würde Leo wiedersehen.

„Ich dachte wir heiraten nur." Eli seufzte tief und
im Hintergrund quietschte ein Stift auf der Oberfläche eines Whiteboards. „Stellt sich heraus, dass wir
ein ganzes Volksfest organisieren."

Tavi lächelte mitfühlend, auch wenn es nur ein
Telefonat war und Eli es deswegen nicht sehen konnte. Das Handy lag mit aktiviertem Lautsprecher auf
der Vitrine, die er gerade putzte. „Es ist ja auch ein
einmaliges Ereignis."

„Das seh ich ja auch so, aber muss man denn
wirklich jede kleine Farbnuance und jede Falte in den
Servietten planen?"

„Du schaffst das schon."

„Weißt du, und dann brummt mir Perkins auch
noch dieses übelste Projekt auf. Ich kann nicht gleichzeitig über die Gästeliste und Millers Präsentation
nachdenken."

Tavis Hand unterbrach die kreisenden Bewegungen
an der Glastür und hielt inne. Perkins hatte also auf
ihn gehört. Schade, dass Eli das nicht zu schätzen
wusste.

„Lola versteht doch sicher, dass es euch langfristig
sehr helfen wird, wenn du in der Firma vorankommst."

Gefällt es ihr nicht sowieso besser, wenn sie das meiste auswählen kann?"

„Sollte man meinen, aber wenn ich nicht genug Elan und Interesse an der Planung zeige, hat sie wieder Angst, dass ich sie doch nicht heiraten will. Ich glaube, sie ist unsicher, weil sie mich gefragt hat und nicht ich sie." Eli klang zerknirscht.

„Aber du willst sie doch heiraten?"

„Ja, na sicher will ich!"

„Dann sag ihr das einfach nochmal und erklär ihr, dass du zu Perkins nicht Nein sagen kannst. Sie wird die Hochzeit schon nicht abblasen, nur weil du nicht beim Aussuchen der Servietten helfen konntest. Du denkst schließlich auch nur an euer beider Zukunft." Während er sprach, rieb Tavi mit der feuchten Spitze des Reinigungstuches auf einem hartnäckigen Fleck herum. Das half ihm, sich auf die richtigen Worte zu konzentrieren.

„Es wird wohl nicht nur die Servietten betreffen. Perkins hat schon klargemacht, dass ich jetzt in die gesamte Entwicklung des Projekts eingebunden werde."

„Ganz so traurig klingst du darüber nicht."

„Nein. Na ja." Elis Unentschlossenheit war leicht herauszuhören. „Ich bin schon froh, dass ich langsam in der Firma ankomme. Dass man mir auch was zu tun gibt, das nicht nur überflüssiger Kram ist, den ein

Praktikant hätte erledigen können. Nur der Zeitpunkt ist halt blöd."

Tavi seufzte tonlos und erleichtert.

„Wenn ich kann, helfe ich dir gerne dabei. Als Trauzeuge habe ich zwar auch einige Punkte auf meiner To-Do-Liste, aber das kriege ich hin."

„Danke dir. Ich komme darauf zurück. Apropos ... ich soll dich von Lola fragen, ob du auch etwas für uns spielen würdest." Er musste wirklich wieder mehr üben.

„Sicher. Mache ich gerne."

Nachdem sie aufgelegt hatten, verlor Tavi sich für eine Weile in der Vorstellung von Elis Hochzeit. Es war seltsam fremd, sich selbst dort am Flügel sitzen zu sehen, während dieser Mann, den er sich jahrelang insgeheim an seiner Seite und in seinem Bett vorgestellt hatte, mit seiner frisch angetrauten Ehefrau tanzte. Aber es würde bald die Realität sein.

Tavi spürte die Schwere in sich, die mit diesen Bildern kam, aber er sperrte sich nicht, sondern versuchte, das Gefühl anzunehmen. Eli liebte Lola. Sie beide waren Freunde. So war es immer gewesen und so würde es in Zukunft sein.

Wirklich, er freute sich auf den Freitag ... da würde er wieder für ein paar Stunden vergessen, wie schwierig das war. Und vielleicht, wenn er den Club noch öfter besuchte, konnte er bis zu Elis Hochzeitstermin tatsächlich so weit sein, dass er nur noch Freude und keinen Schmerz mehr darüber empfand, dass sein bester Freund heiratete.

KAPITEL 7

EINE SACHE, DIE er in den letzten fünf Jahren nie vernachlässigt hatte, war der wöchentliche Besuch im Fitnessstudio. Tavi hatte früh gelernt, dass ein trainierter Körper nicht nur der Gesundheit half, sondern ihm das Leben in jedem Bereich erheblich erleichterte. Eine gute Haltung, starke Arme, ein wohlgeformter Torso, das Selbstbewusstsein eines gestählten Körpers. Es ging niemals nur um die inneren Werte. Nicht im Job, nicht im Studium, nicht in der Schulzeit und auch nicht in der Liebe. Hätte man ihm den Posten als Teamleiter auch so schnell angeboten, wenn er ein untersetzter Typ mit Stirnglatze gewesen wäre? Tavi war nicht mehr naiv genug, um das zu glauben. Der äußere Anschein war machtvoller, als viele glaubten.

Am Anfang hatte er vor allem trainiert, um stärker zu sein, aber er hatte schnell gemerkt, wie sein neuer Körper auch alles andere beeinflusste. Wie sich die

Blicke änderten und der Ton der Worte, mit denen über ihn geredet wurde.

Nein, er war nicht so diszipliniert, weil er das Gewichteheben oder das Gefühl von frischem Schweiß auf der Haut liebte, sondern weil er liebte, was der Sport aus ihm machte. Es war ein Teil seiner Maske. Wie immer drang antreibende Musik aus den Boxen, während er mit dem Gewicht in den Händen seine Crunches absolvierte. Mit leerem Kopf starrte Tavi geradeaus, konzentrierte sich nur auf den Bewegungsablauf und die Anzahl der Wiederholungen, bis er fertig war und sich für ein paar Sekunden erschöpft auf die Matte sinken ließ.

Als er sich wieder aufrichtete, fing er den Blick eines anderen Besuchers auf. Ein Typ in seinem Alter, der ihm hier noch nie aufgefallen war. Er hatte sich ein Bandana um den Kopf gebunden. Sowas stand nur ganz wenigen Männern und er gehörte nicht so wirklich dazu.

Tavi stand auf, wischte sich den Schweiß ab und steuerte die Duschen an. Genug Sport für heute. Auf halber Strecke näherten sich schnelle Schritte.

„Hey", sagte jemand hinter ihm und Tavi war sich ziemlich sicher, dass er gemeint war. Dennoch drehte er sich nicht um. Der andere eilte an ihm vorbei und stellte sich vor ihn, sodass er ihn nicht mehr ignorieren konnte. Es war Mister Bandana und sein Lächeln war echt ganz süß, aber das änderte nichts daran, dass er kein Interesse hatte.

„Was ist denn?", fragte Tavi.

„Hast du Bock, noch was trinken zu gehen nach dem Sport? Nur wir beide?"

Immerhin kam er schnell zum Punkt.

„Was? Nein", erwiderte Tavi und setzte seine verwirrteste Miene auf. Er verabredete sich nicht mit Männern.

„Echt nicht? Ein anderes Mal vielleicht?"

Tavi schüttelte den Kopf. „Nein, danke."

Mister Bandana verzog enttäuscht das Gesicht, ließ aber von ihm ab. Er schien sich echt sicher gewesen zu sein, dass er bei ihm an der richtigen Adresse war. Hatten manche so ein gutes Gespür dafür, dass er Männer mochte? Eine ziemlich unangenehme Vorstellung, die ihn auch unter der Dusche noch beschäftigte.

Es war schon vorgekommen, dass Männer ihn ansprachen, aber so selten, dass er sich an jedes einzelne Mal erinnerte. Mit Frauen passierte es deutlich öfter, was wohl ein gutes Zeichen war. Dennoch ... am Ende verabredete er sich mit niemandem. Er war immer allein geblieben. Auch das würde wohl irgendwann zu Gerede führen. Noch konnte er sich damit herausreden, dass er gerade Karriere machte, aber spätestens auf Elis Hochzeit würde sich die Frage von selbst ergeben.

Tavi schloss die Augen und ließ sich das Wasser ins Gesicht laufen. Manchmal wünschte er sich, das Leben könne einfacher sein. Manchmal wurden die Masken verdammt schwer. Aber diese war eine, die er nicht einfach abnehmen und wieder aufsetzen konnte. Und sie schützte ihn nun mal nur, solange er sie trug. Das würde er für einen Flirt aus dem Fitnessstudio ganz sicher nicht aufgeben.

Er brauchte den Schutz. Niemals wieder wollte er sich hilflos und ausgeliefert fühlen, offen für die Angriffe anderer. Und er wollte nie wieder der sein, zu dem er wurde, wenn er sich so fühlte.

Obwohl das Wasser aus der Duschbrause heiß war, fröstelte Tavi. Eilig stellte er das Wasser ab und tapste zurück in die Umkleide.

Sein Smartphone blinkte, als er es wieder zur Hand nahm. Neue Nachrichten. Nichts Besonderes. Bis auf eine.

Tavi sah auf und blickte sich um. Dann starrte er wieder aufs Display.

Ich kenne dein Geheimnis.

Nervös tippte er auf den Tasten herum. Die Nummer war unterdrückt. Er konnte weder anrufen noch zurückschreiben. Was sollte das? Hatte jemand sein Telefon gehackt?

Wie immer behielt er die Beherrschung, ließ nichts von der Nervosität, die gerade jede seiner Fasern überfiel, nach außen dringen.

Mein Geheimnis. Jeder einzelne Buchstabe eine Drohung. Hatte ihn jemand zu dem Club verfolgt? Oder ihn dort sogar erkannt? Trotz der Masken und allem?

Okay, ganz ruhig. Das konnte Zufall sein. Eine dumme Scam-Nachricht. Vielleicht ein Datensammler, der testete, ob Nachrichten geöffnet wurden. Das musste gar nichts mit ihm zu tun haben.

Sein heftig klopfendes Herz ließ sich nur schwer mit Argumenten überzeugen. Sein Körper blieb in Aufruhr, als Tavi das Telefon wieder einsteckte und weitermachte, als sei gar nichts passiert. Er zog sich fertig an und verließ das Studio.

Auf dem Heimweg schaute er sich immer wieder um. Möglichst unauffällig. Falls ihn wirklich jemand beobachtete, sollte er nicht sehen, wie viel Unruhe diese Nachricht tatsächlich in ihm schürte.

Vielleicht war es doch keine gute Idee, wieder in den Club zu gehen, auch wenn das bedeutete, dass er Leo nie wiedersehen würde. Es war nur ein kleiner Flirt gewesen. Nichts, für das er sein gut organisiertes Leben aufs Spiel setzen sollte. Der Kerl war nur irgendein Fremder, mit dem er rumgemacht hatte. Schon albern, dass er sich so sehr daran festklammerte. Dass es ihn regelrecht schmerzte, den selbstgesetzten Termin zu streichen. Nur wegen einer dummen Textnachricht, die vielleicht gar nichts bedeutete.

Als er zu Hause ankam, war Tavi sich immer noch nicht ganz sicher, was er tun sollte. Ob er dem Club den Rücken kehren sollte oder nicht. Ob die Chance, Leo wiederzusehen, das Risiko wert war ... und ob er vollkommen wahnsinnig war überhaupt etwas zu riskieren, nur weil er diesen Mann nochmal anfassen, nochmal küssen wollte.

Heute Nacht widmete er sich sicheren Unternehmungen: den Pornos. Doch es fiel ihm schwer, sich darauf einzulassen. Viel länger als sonst suchte er nach einem passenden Video. Suchte nach jemandem, der seiner Vorstellung von Leo entsprach. Groß musste er sein und seine Muskeln eher sehnig. Er musste braunes Haar und einen stoppeligen Bart tragen und am liebsten wäre es ihm gewesen, wenn auch seine Stimme der von Leo geähnelt hätte.

Tavi klickte sich in mehrere Clips hinein, blieb aber bei keinem lange dabei. Sein Schwanz war hart – dafür brauchte er die Videos gar nicht, allein, dass er sich ihre Begegnung so detailliert in Erinnerung rief, reichte dafür. Aber er hatte bei keinem der Videos wirklich das Bedürfnis, sich anzufassen, was langsam aber sicher zu Frustration führte.

Dann leuchtete am unteren rechten Bildschirmrand auch noch ein Fenster auf. Eine Terminerinnerung für das Klassentreffen, das in neun Tagen stattfand. Was für ein Abturn.

*

Ruhelos streifte Jack durch den Club. Der Engel war nicht mehr aufgetaucht und es war fraglich, ob er nun, nach seiner Nachricht nochmal einen Fuß hineinsetzen würde. Was natürlich kein Verlust war.

Dass sie sich überhaupt auf diese Art nahegekommen waren, kratzte immer noch an ihm, rieb eine wunde, schmerzende Stelle tief in seiner Seele. Erst hatte er es für einen tiefsitzenden Ekel gehalten, aber je länger Tavi wegblieb, umso mehr spürte er, dass er damit falschlag.

Wenn er die anderen Männer in seinem Club bei ihren Spielchen sah, wünschte er sich, dass er mit der Nachricht noch ein wenig gewartet hätte. Tavi vor sich knien zu sehen ... diese Fantasie war so abstoßend wie unpassend, aber sie sprach zu der dunkelsten Seite seiner Seele.

Nein, er wollte ihn nicht hier haben. Nicht in diesem Reich, das er mit so viel Herzblut und Leidenschaft gestaltet hatte. Wenn er Tavi noch einmal sah, dann hoffentlich in einem Gerichtssaal mit Scham und Reue in seinem Engelsgesicht und einer guten Portion Angst.

Aber bis es so weit war, wollte er ihn noch ein bisschen büßen lassen. Ihn bangen und zweifeln lassen. Ihm Albträume bescheren, indem er ihm Stück für Stück klarmachte, dass sein Leben, so wie er es kannte, vorbei war.

Ja, er hatte sich da was Tolles aufgebaut, war der aufsteigende Stern einer angesagten Werbeagentur. Mehrmals schon in der Regionalzeitung erwähnt worden. Und er sah gut aus. Noch charismatischer als damals.

Damals, als Philipp ihn mit zur Weihnachtsfeier ihrer Familie gebracht hatte.

„Papa, das ist Tavi, ich hab dir von ihm erzählt." Er würde die leuchtenden Augen seines Sohnes nie vergessen. Wie sie mit dem Christbaumschmuck um die Wette gestrahlt hatten.

Ja, er hatte von ihm erzählt. Sehr oft. Tavi hier und Tavi da. Der Junge mit dem besonderen Namen. Und an diesem Tag hatte Jack auch verstanden, was Phil an ihm fand.

Der Tavi von damals war eine Erscheinung gewesen. Ein bildschöner, junger Mann mit einer Kieferlinie, die wie gemalt aussah, einer geraden Nase und vollen Lippen, die süffisant lächeln konnten, und mit einem Funkeln im Blick, das irgendwo zwischen süß und provokant lag.

Nachtschwarze Haare schmiegten sich in sanften Locken um sein Gesicht und verliehen ihm wirklich ein engelhaftes Aussehen, indem sie das helle Blau seiner Augen noch mehr zum Strahlen brachten.

Jack hatte sofort gespürt, dass es eine Fassade war. Dass er etwas verbarg, das ganz und gar nicht rein und liebevoll war. Er hatte gewusst, dass er seinem Sohn wehtun würde. Und doch hatte er ihn nicht davor bewahren können.

Tavi hatte alle auf der Feier für sich eingenommen. Nur ein paar Worte von ihm hatten gereicht, und sogar seine Mutter, die an der Weihnachtstafel ihr griesgrämigstes Gesicht aufgesetzt hatte, hatte dem Jungen ein Lächeln geschenkt. Es war wie ein Zauber gewesen. Oder eher eine Verhexung.

Jack hatte Tavi nicht aus den Augen gelassen, ihn wachsam beobachtet und sich bemüht, nicht selbst Ziel seiner Magie zu werden.

Am Ende des Abends hatte er Philipp gebeten, vorsichtig zu sein. Tavi nicht zu sehr zu vertrauen. Doch es hatte nicht geholfen, so wie die besorgten

Hinweise der Eltern von den meisten Jugendlichen in den Wind geschlagen wurden.

Es tat immer noch weh. Aber vielleicht würde es aufhören, wenn dieser *Engel* seine gerechte Strafe bekam. Wenn nicht nur er, sondern alle Welt sehen konnte, was wirklich hinter der Maske lag.

KAPITEL 8

UND JETZT NEHMEN wir Bindfäden und Pinnnadeln, und verbinden die Bilder miteinander, um herauszufinden, wer der Mörder ist?", fragte Eli und stemmte die Fäuste in die Hüften.

Tavi verkniff sich ein Lachen. „Das ist ein Inspirationsboard." Es war besser, wenn sie nicht zu viel Spaß hatten. Sie waren allein im Büro. Nachtschicht sozusagen. Er hatte Eli versprochen, ihm zu helfen, also hing er da jetzt mit drin. Und er wollte das so professionell wie möglich über die Bühne bringen.

„Weißt du, manche Leute benutzen für so etwas Pinterest."

Tavi schnitt eine Grimasse. „Danke für den Hinweis, aber mir hilft es, bestimmte Dinge eher ... analog zu machen. Da komme ich auf andere Gedanken, als wenn ich nur klicke."

Ja, manuell war wirklich besser. Fühlte sich besser an, roch besser, klang besser.

Verdammt.

„Du bist der Profi", sagte Eli und klickte mit seinem Kugelschreiber. „Ich bin bereit, von dir zu lernen."

Eli zu sehen und an Sex zu denken – das war eine schlechte Kombination. Tavi nahm den Hefter mit der Kundenakte in beide Hände und vertiefte sich in die niedergeschriebenen Vorstellungen und Wünsche des Klienten. Eine originelle Kampagne ... allein diese Forderung war das Unoriginellste überhaupt. Kein Kunde kam zu ihnen, und wollte ihre Ideen für eine möglichst langweilige und übersehbare Anzeige. Sie wollten alle herausstechen.

Während er nachdachte, wanderte seine Hand ganz automatisch in die Tasche seines Jacketts und schloss sich um das kleine, geschliffene Stück Buchenholz. Das Ding hatte er von seinem Cousin bekommen. Es nannte sich Handschmeichler, was irgendwie treffend war, weil es perfekt in seine Hand hineinpasste. Er knetete gerade darauf herum, auch wenn es nicht nachgab wie ein Stressball oder so. Das Holz vermittelte ihm mit seiner Härte und seinem Widerstand Stärke. Stärke, die er jeden Tag selbst ausstrahlen musste.

„Wie wäre es mit Katzen?", fragte Eli unvermittelt.

„Katzen?"

„Na, alle stehen doch auf süße Katzenvideos. Wir könnten das benutzen und damit spielen."

Tavi runzelte die Stirn. Vor seinem inneren Auge erschienen die ersten Entwürfe für solche Anzeigen.

Ironisch, mit dieser Popkultur-Referenz und einem Augenzwinkern. „Starke Kontraste und eine serifenlose Schrift für den Slogan", murmelte er. „Wie war der nochmal?"

„Ich hab alles hier." Eli wirkte auf einmal sehr aufgeregt und blätterte in seinem Hefter herum. Es mochte sein, dass er noch am Anfang stand, aber da steckte Potenzial in ihm.

Tavis Herz schlug schneller – und dieses Mal nicht nur wegen Elis Gesellschaft, sondern weil mit ihm zusammenzuarbeiten, zusammen etwas zu erschaffen, sich wahnsinnig gut anfühlte. Er liebte es, wenn das unterschwellige Summen von kreativen Gedanken den Raum erfüllte. Wenn die Gedanken von mehreren Menschen sich zu einem Endprodukt verbanden. Deswegen war er hier und deswegen blieb er gerne auch bis spät in die Nacht.

Sie arbeiteten zwei Stunden an den neuen Entwürfen, fertigten Skizzen an und feilten an den Texten. Die Zeit verging wie im Flug und weil sie so im Flow und beide hungrig waren, bestellten sie Pizza und arbeiteten neben dem Essen weiter.

Als die Projektmappe dann endlich fertig war, leuchteten Elis Augen vor Enthusiasmus, aber es stand auch Erschöpfung in ihnen.

„Wir haben ganz schön was geschafft."

„Ja, wenn ich schon woanders übernachte, soll es sich auch lohnen."

Tavi grinste. „Lass uns nach Hause gehen, ehe wir wirklich noch hier einschlafen."

Eli drückte die Mappe an sich, als wäre sie sein Baby. Auf dem Weg zur Tür schmiss Tavi die Kaffeebecher und den Pizzakarton in den Müll und folgte seinem Kumpel zum Fahrstuhl. Er freute sich wirklich aufs Bett.

Da niemand anders im Haus war, mussten sie nicht lange warten, bis sich die Türen öffneten. Das grelle Licht der Kabine stach in den Augen. Tavi lehnte sich gegen die kühle, glatte Wand und betrachtete sich selbst und Eli im Spiegel.

Wir würden gut zusammen aussehen. Genervt von sich selbst schloss er die Augen. Selbst jetzt konnte er das nicht ganz abschalten. Das würde wohl noch einiges an Zeit brauchen. Eigentlich hatte er das alles aber gut überstanden. Das stundenlange Arbeiten mit ihm. Keine Berührung zu viel, kein Blick zu lang. Er hatte sich gut im Griff gehabt – und sie hatten tolle Erfolge erzielt. Der Kunde würde zufrieden sein, ebenso wie Perkins, da war er sich sicher.

Die Kabine ruckte und Tavi fiel fast zur Seite um. Nur der Aufprall von etwas Schwerem gegen seinen Körper, hielt ihn aufrecht, indem es ihn gegen die Wand presste. Eli.

Sofort war Tavi wieder wach. Vollkommen wach. Elis linke Hand krallte sich haltsuchend in seinen Oberarm, die andere stützte sich neben seinem Kopf an der Wand ab. Erschrockener, hastiger Atem streifte seinen Kiefer und große, grünbraune Augen schauten ihn an. Eli war so schön. Und viel zu nahe.

Tavi schluckte. Am liebsten hätte er auch das Kribbeln in seinem Magen einfach weggeschluckt, aber das ging nicht.

„Sind wir stecken geblieben?", fragte er so ruhig wie möglich und fixierte sich auf einen Punkt zwischen Elis Augen, anstatt ihn direkt anzusehen. Es fühlte sich nicht mehr an, als würden sie fahren.

„Scheint so", murmelte Eli. „Entschuldige den Überfall." Tavi sah dieses perfekt unperfekte Lächeln, obwohl er nicht hinschaute. Zum Glück löste Eli sich schnell von ihm und tippte ein paar Mal auf die Pfeile des Kontrollpanels und dann wieder auf das E für Erdgeschoss. Nichts passierte. Schöner Mist.

Tavis Puls raste. Er steckte die Hände in die Taschen seines Jacketts und zog es damit möglichst unbemerkt auch etwas weiter nach unten. Seine Finger waren dankbar für den Handschmeichler in der Tasche. Das Holz schmiegte sich kühl in seine warme Handfläche. Er wendete es ein paar Mal, bevor er mit der anderen Hand das Smartphone hervorzog und die Nummer vom Hausmeisterdienst wählte.

Mit Eli allein auf kleinstem Raum ... das war Stoff für so einige schlaflose Nächte. Selbst während er mit dem Mann am anderen Ende der Leitung sprach, konnte er die Fantasien, die gerade zum Leben erwachten, nicht ausblenden.

„Jemand ist unterwegs und setzt das Ding wieder in Gang. In zwanzig Minuten sind wir frei", erklärte er seinem Freund, nachdem er das Telefon wieder eingesteckt hatte. Im Kopf klammerte er sich an die technischen Begriffe, die der Mann ihm gerade genannt hatte und versuchte, sich die Funktionsweise von so einem Fahrstuhl in Erinnerung zu rufen. Zahnräder, die ineinandergriffen und Riemen, die angetrieben ... ach Fuck.

„Oh Mann, auch das noch." Eli lächelte schief und lehnte sich neben ihm an die Wand. Warum ging er nicht auf seine eigene Seite? „Ich glaube, ich schlaf direkt hier. Ich bin so müde."

Untersteh dich. Tavi zwang sich, einfach geradeaus zu starren. Das polierte Grau der Fahrstuhlwand, das ihm von gegenüber entgegenblickte, bot allerdings nicht viel, an dem man sich festhalten konnte – im Gegenteil, es reflektierte ein mattes, verzerrtes Spiegelbild von ihnen beiden, das seiner Fantasie schon wieder viel zu viel Raum gab.

Um dem zu entkommen, schloss Tavi die Augen. Was auch nicht wirklich half. Wo war bitte seine Müdigkeit hin? Er sollte viel zu müde für Gedanken an Sex mit seinem besten Freund sein.

Zwanzig Minuten ... das wären zwanzig mal sechzig himmlische Sekunden, in denen er sich an ihn schmiegen und ihn küssen könnte, seinen Geruch atmen könnte, direkt von der Quelle, nicht aus der Luft aufgeschnappt und eingesogen.

Er sah Elis glühendes Gesicht vor sich, als er ihm die Hose öffnete und anfing, ihn anzufassen. Hörte sein erregtes Flüstern, dass sie das nicht durften.

Tavi riss die Augen auf, als wäre er aus einem Traum erwacht und biss die Zähne aufeinander. Eilig streifte er sich das Jackett von den Schultern und raffte es vor seinem Schoß zusammen. „Wird einem echt schnell zu warm hier", murmelte er, um eine Ausrede dafür zu haben.

Eli schien nichts bemerkt zu haben. Es war neben ihm zu Boden gesunken und tippte auf seinem Smartphone herum, schien einen alten Nachrichtenverlauf zu lesen oder so.

Tavi atmete leise durch und setzte sich ebenfalls hin. Mit etwas Abstand, damit sie sich nicht zufällig berühren konnten. Er traute sich selbst nicht. Am liebsten hätte er sich dieses kleine Teufelchen aus dem Kopf geschnitten, das ständig *Sex, Sex, Sex* rief. War das die Rache seines Körpers, weil er den Termin im Maskenclub im Geiste wieder gestrichen hatte? Entlud sich der Frust darüber jetzt an Eli?

Eli war verdammt nochmal kein Sexobjekt. Er war sein bester Freund. Gutaussehend, klar, aber er hatte doch mehr zu bieten als das. Er war freundlich und witzig, verlässlich und kreativ. Einfach ein toller Mensch. Und er hatte sich sein Glück verdient.

Was für ein Chaos würde entstehen, wenn er hier über ihn herfiel – ganz unabhängig davon, ob Eli nicht vielleicht doch auch Interesse an Männern hatte? Er würde etwas verkomplizieren, das ganz einfach war. Und er würde Eli unglücklich machen. Ganz zu schweigen von sich selbst.

Manchmal hasste er den verdammten Trieb. Den Sex. Es war so belastend.

„Ich würd' mich nicht wundern, wenn Lola irgendwann denkt, dass ich ne Affäre habe."

„Na zum Glück kann ich dir für diese Nacht ein Alibi geben."

Eli grinste ihn dankbar an.

„Weißt du, was das Krasse ist? Es gibt ja durchaus ein paar hübsche Frauen hier, aber ich achte da überhaupt nicht drauf. Ich sehe sie gar nicht so. Alle sind nur Kollegen. Es gibt da nichts ... keinen winzigen Funken Interesse an irgendwelchen Mauscheleien."

„Ich schätze, du bist echt verliebt."

Eli nickte inbrünstig. „Ja."

Tavi lächelte und er freute sich für die beiden. Das tat er wirklich. Er wollte, dass Eli glücklich war. Und er wollte, dass sein Schwanz endlich aufhörte, auf ihn zu reagieren, aber wahrscheinlich fehlten diesem Körperteil die Ohren, um Elis Worte zu verstehen.

„Wie sieht es eigentlich mit dir aus? Seit ich dich kenne, bist du für dich allein. Erzählst nicht mal von irgendwem."

„Ich bin mit meiner Arbeit verheiratet."

„Ich weiß, aber ... reicht dir das echt? Du würdest bestimmt eine Möglichkeit finden, beides unter einen Hut zu kriegen."

„Vielleicht irgendwann", murmelte Tavi. „Ich bin ja noch jung."

„Ja, du kannst noch auf jede Menge Dates gehen. Aber ich könnte das nicht. Ich meine, so diszipliniert sein, dass ich sage: Die Arbeit ist alles für mich und ich treffe niemanden. Wenn mir jemand gefällt, würde ich einfach schwach werden."

„Vielleicht ist das auch gar keine Disziplin, und mir ist bis jetzt nur noch keiner untergekommen, der mich hat schwach werden lassen", sagte Tavi.

„Ich kann überhaupt nicht einschätzen, was dein Typ Frau ist."

Tavi schnaufte. „Erwartest du darauf jetzt ne Antwort? Ich weiß es auch nicht. Ich glaube, das ist bei mir kein Ding von Haarfarben oder so, sondern eine Frage der Ausstrahlung."

„Man muss einfach umgehauen werden, hm? Dann setzt das Habenwollen schon von alleine ein."

„Ja", murmelte er und hatte für einen Moment das Gesicht des Löwen vor sich. Die feinausgearbeiteten Züge der bronzeartigen Maske und dahinter diese Augen, die bis in seine Seele zu blicken schienen. Die Erinnerung daran jagte ihm immer noch einen Schauer über den Rücken. Angst. Die Angst, erkannt zu werden. Und gleichzeitig eine kribbelnde Faszination.

„Ooooooder gibt es vielleicht doch jemanden?", fragte Eli und stieß ihn sachte mit der Schulter an. „Du sahst gerade ein bisschen weggetreten aus."

„Ja, weil ich gleich einpenne", redete Tavi sich raus. Wenn er zugab, dass er sich für jemanden interessierte, würde er mehr erzählen müssen, und das kam nicht infrage.

Zum Glück setzte sich wenige Sekunden später der Fahrstuhl wieder in Bewegung und brachte sie ins Erdgeschoss. Der Techniker wechselte im Foyer ein paar Worte mit ihnen und dann trennten sich ihre Wege.

Tavi schleppte sich müde und erschöpft nach Hause. Die Welt um ihn herum schwand und in seinen Träumen kehrte er in den Fahrstuhl zurück, küsste Eli und fühlte seinen warmen, zittrigen Leib unter sich. Immer wieder zuckte die Nachricht, die er bekommen hatte, durch seinen Kopf. Ich kenne dein Geheimnis.

Er küsste Eli immer wieder, fand Trost in dem süßen Gefühl seiner Nähe, aber die Angst lag wie eine schwere Decke über ihnen beiden.

Während er Angst vor der Drohung hatte, die in dieser Nachricht lag, fürchtete Eli sich vor ihm. Ließ zu, dass er ihn überall anfasste und küsste, aber zitterte doch so sehr, dass er Tavi damit ansteckte. Langsam wich er von ihm zurück. Unglücklich. Unsicher.

Dann schlossen sich Arme um ihn und hoben ihn vom Boden auf. Die metallene Fahrstuhlkabine verschwand und wurde zu edlen Tapeten, Möbeln und Böden. Warmes Licht spiegelte sich auf teurem Holz. Und ihm stieg ein Geruch in die Nase, der ihn freier atmen ließ.

Raue Lippen schmiegten sich in seinen Nacken. Eine warme Gänsehaut vertrieb die Kälte. Die Hitze kam wieder und dieses Mal fühlte sie sich anders an.

Keine Angst mehr. Nur das Schnurren eines Löwen an seinem Ohr und ein starker Körper, der seinen hielt. Der ihn *wirklich* hielt.

Als er am Morgen erwachte, war er verschwitzt und durcheinander, aber ein Gedanke war ganz klar in seinem Kopf. Er wollte zu Leo.

KAPITEL 9

ER FUHR ZU einer anderen Zeit los als beim letzten Mal, nahm eine andere Strecke, parkte das Auto in einer anderen Straße. Blickte sich um und blickte aufs Handy. Der mysteriöse Nachrichtenschreiber hatte sich nicht nochmal gemeldet.

Dennoch klopfte sein Herz zu jedem schnellen Schritt und die Paranoia ließ seinen Nacken unruhig kribbeln. Erst als er hinter der schweren Tür des Maskenclubs verschwand, fühlte er sich besser. Als läge ein Bann über dem Haus, eine magische Barriere.

Wohlige Wärme empfing ihn und wusch die Anspannung langsam von ihm ab. Das Licht der Kronleuchter in der Galerie unterstrich den Zauber dieser fremden Welt. Mit jedem Atemzug fühlte er sich besser. Unter seinesgleichen.

Die Gesellschaft der anderen Maskenträger half ihm, sich sicher zu fühlen. Schon jetzt störte ihn der

Gedanke, dass er in ein paar Stunden wieder gehen würde.

Sein Blick streifte die vertrauten Malereien an den Wänden, fand Masken, die er schon kannte, und Masken, die ihm fremd waren. Einige gruselig, einige schlicht, einige kunstvoll. Hier und da flog ihm ein Lächeln zu und Tavi fühlte sich frei genug, es zu erwidern.

Leo fand er auf Anhieb nicht, aber das Haus war groß genug, um sich einen ganzen Abend lang zu verpassen, wenn man Pech hatte. Deswegen beschloss Tavi, sesshaft zu werden. Wenigstens für ein paar Minuten.

Er nahm an der Bar platz und bestellte sich einen Drink. Mit dem Alkohol verbreitete sich die Entspannung in seinem Körper. Die Nachricht auf seinem Handy wurde nun mit eindeutiger Sicherheit zu einem Scam-Versuch und die Welt war wieder sicher. *Er* war hier sicher. Und er vermisste Leo.

Nachdem er das dritte Glas geleert und auf dem Boden des Glases keinen Hinweis darauf gefunden hatte, wo der Löwe sich wohl aufhielt, rutschte er von dem Hocker und machte sich wieder auf die Suche.

Dieses Mal stieg er die Treppen hinauf in die obere Etage. Die roten Stufenmatten dämpften seine Schritte und das blankpolierte Holz des Handlaufs schmeichelte seinen Fingern.

Oben angekommen glitt sein Blick über zahlreiche Türen auf dem langen Gang, blieb dann aber an der kleinen Insel in der Mitte das Aufgangs hängen, wo zwei Sofas und ein kleiner Tisch beieinanderstanden und von ein paar Pflanzen und Skulpturen eingerahmt einen eigenen kleinen Rückzugsort schufen. Der blonde Haarschopf, der ihm von dort aus entgegenleuchtete, erinnerte ihn an Eli. Schnitt und Farbe passten. Auch die Statur ähnelte der seines besten Freundes. Er war das nicht wirklich, oder?

Von Neugier getrieben pirschte Tavi sich an den Fremden heran und weil er von hinten nicht sicher sein konnte, umrundete er die Barriere aus Pflanzen und ließ sich auf das Polster des Sofas ihm gegenüber sinken.

Er trug eine Fuchsmaske, die echt hübsch war und gut zu seinen hellen Haaren passte. Er hatte dieselben braunen Augen wie Eli ... aber er war es nicht. Die Form seiner Lippen passte nicht und Eli hatte auch eine kleine Narbe am Kinn, die diesem Mann hier fehlte.

Dennoch sah er ihm mit der Maske recht ähnlich, vor allem, wenn man sich nur auf seine Augen konzentrierte.

„Hey, na?", sagte der Fuchs, der seine Musterung lächelnd über sich hatte ergehen lassen.

„Na?", machte Tavi und merkte, wie ein Gedanke in ihm wuchs. Wenn Leo sich nicht zeigte ... wäre dieser Mann vielleicht eine gute Ablenkung. Er gefiel ihm. Die Chemie stimmte auf Anhieb. „Wartest du auf jemanden?"

„Ich beobachte die Lage", sagte der Fuchs und erinnerte ihn damit an sich selbst bei seinem ersten

Besuch vor einer Woche. Er wirkte ein bisschen unsicher, aber in seinem Blick und seiner Stimme lag kein Funken Angst.

„Und wie entwickelt sie sich?"

Sein Gegenüber neigte den Kopf. „Vielversprechend."

Tavi schmunzelte und stand auf, nur um sich eine Sekunde später direkt neben dem Fuchs niederzulassen, der ihn mit einem erwartungsvollen Funkeln in den Augen immer näher zu sich zu ziehen schien. Er versuchte gar nicht erst, sich dieser Anziehung zu widersetzen. Er wollte sich gehen lassen. Sich wieder so fühlen wie letzte Woche im Pool mit Leo. Wollte abschalten, den Kopf freikriegen und die Hitze zwischen sich und einem anderen Mann fühlen. Genau dafür war er hier.

Tavi legte eine Hand an die Fuchsmaske und zog den anderen in einen Kuss. Seine Lippen schmeckten salzig von irgendwelchen Snacks und seine Zunge war unerwartet gierig nach Tavis.

Seine Augenlider sanken zu und die Wärme und der fremde Duft ummantelten ihn, ließen ihn vollständig in dieser anderen Welt versinken, die so viel besser war als die, in der er normalerweise lebte. Frei von Vorschriften und Regeln, frei von jeder Einschränkung.

Tavi schlang beide Arme um den Mann und küsste ihn innig, zupfte sachte an seinen Lippen und genoss das Prickeln, das sich immer weiter in ihm ausbreitete.

Vielleicht würde es sich genau so anfühlen, Eli zu küssen. Ihn zu halten. Seine Haare zu durchwühlen.

Er ließ die Finger durch das weiche Haar gleiten und griff nur sachte zu. Der Fuchs seufzte leise gegen seinen Mund und seine Hände wanderten bereits neugierig über seinen Oberkörper, blieb aber sittsam über dem Stoff. Er schien sich nicht zu trauen, die Knöpfe zu öffnen. Fast als sei es sein erstes Mal.

In seinem Kopf wurde der andere immer mehr zu Eli. Seine Küsse, seine Laute, sein Geruch. Tavi lehnte sich über ihn, verfing sich in dem heißen Blick dieser schönen Augen, während er den anderen sachte aber bestimmt in die großzügige Sitzfläche des Sofas drückte. Die blonden Haare wirkten wie Sonnenstrahlen auf dem blauen Polster.

„Eli", säuselte er und knabberte an seinem Hals, genoss es, wie die warmen Finger sich in seine Arme krallten. Er war wie im Rausch, kurz davor, endlich zu bekommen, was er sich schon so lange wünschte. Ihm endlich nahe zu sein. Und er spürte, dass Eli das auch wollte, das Drängen in jeder Bewegung, wenn auch noch so zaghaft.

Es war nur ein leises Geräusch, fast mehr eine Ahnung als wirklich vorhanden und doch unterbrach es seine Trance. Ein kaum hörbares Räuspern, keines von denen, mit denen man absichtlich auf sich aufmerksam machen wollte, sondern eines, mit dem man versuchte, seine Kehle zu klären.

Tavi sah auf und blickte direkt in das bronzene Gesicht des Löwen. In die grünen Augen, die ihn bis in seine Träume verfolgt hatten. Er stockte in seinen Bewegungen.

Es war nicht die Tatsache, dass er hier mit jemand anderem zugange war, die ihn in diesem Moment so erschreckte, sondern der Film, der in seinem Kopf dazu lief.

Tavi zwang sich, den Fuchs genauer anzusehen, konzentrierte sich auf dessen Mund, der eindeutig nicht der von Eli war und auf die Stelle, an der die Narbe fehlte. Das war nicht Eli. Aber allein sein Wunsch, er könne es sein, machte das hier so giftig und falsch.

Er stieg von ihm herunter, als würde ihn jede weitere Sekunde verbrennen. „Entschuldige. Ich kann nicht. Ich hätte nicht ... Sorry." Kopfschüttelnd entfernte er sich von ihm, ließ ihn mit verwirrter Miene zurück. Zum Glück war Leo dort stehen geblieben, wo er ihn entdeckt hatte, am Geländer, ein paar Meter entfernt von den Sofas.

Tavi schluckte. Wie hatte das jetzt ausgesehen? Bestimmt total gaga.

„Hey, ich ... hab dich gesucht."

„Du hättest nicht aufhören müssen. Wir sind nicht verheiratet, Kleiner."

Tavi schnaufte amüsiert. Zu lachen half ein bisschen gegen das schlechte Gefühl in seinem Magen.

„Ich hab nicht wegen dir aufgehört. Nicht nur. Ich hätte das nicht machen sollen. Hab vielleicht auch ein bisschen zu viel getrunken."

„Du bist seltsam", sagte Leo und wandte sich ab. Tavi folgte ihm eilig, blieb an seiner Seite, als er weiter durch den Flur schritt. Vorbei an einigen der Türen. „Deckt sich mit meiner eigenen Wahrnehmung."

„Und nun?"

„Kann ich ein bisschen Zeit mit dir verbringen? Oder bist du schon anderweitig verabredet?"

*

Dass Tavi wieder hier war, wunderte ihn. Wahrscheinlich nahm er die Nachricht nicht ernst. Nicht ernst genug, um sie über seine innersten Triebe zu stellen.

Es wunderte ihn nur, dass er einfach von dem anderen abgelassen hatte, nur weil er aufgetaucht war. Ein eigentümliches Kompliment.

„Wirst du dich wieder ausziehen?"

„Würde dich das stören?"

Jack öffnete die Tür zu seiner Rechten und betrat das Musikzimmer. Tavi folgte ihm eilig, als hätte er Angst, den Anschluss zu verlieren. Was wollte er wirklich? Hatte er etwas gewittert?

Erwartung füllte den Raum, sobald sie ihn betraten und Tavi leise die Tür hinter ihnen schloss. Er konnte sie atmen und unter seiner Haut spüren. Sie lag in jedem lauernden Blick, den sie sich zuwarfen.

Was sollte er jetzt tun?

Er hatte nicht damit gerechnet, dass sie sich noch einmal auf diese Weise begegnen würden, und trotzdem freute sich ein Teil von ihm darüber. Es war aufregend. Auf die falsche Art. Er wusste, wer hinter der Maske steckte. Ein schlechter Mensch. Einer, dem er beide Hände um die Kehle legen wollte, zudrücken, und sehen wie er langsam erstickte.

„Hast du auch die Werbeanzeige gesehen?", fragte Tavi und riss ihn aus seiner gewalttätigen Fantasie heraus.

Jack runzelte die Stirn.

„Für den Club hier", erklärte Tavi. „Die passt so überhaupt nicht zu diesem Kunstwerk von einem Gebäude. Kompletter Fail. Ich glaube, die Grafik dafür hat ein Praktikant gemacht."

Jack ging hinüber zu dem Flügel und setzte sich auf den dazugehörigen Hocker. „Was genau fandest du so schlecht daran?", fragte er.

„Ich weiß gar nicht, wo ich da anfangen soll. Die Schriftart ist unpassend. Die Farbwahl ist scheußlich, die Grafik viel zu überladen. Es passt einfach überhaupt nicht zu dem Flair, den das hier versprüht ... ich meine, schau dich um. Jeder Raum ist so schön gestaltet und dekoriert. Das muss teuer gewesen sein und wahrscheinlich war es super aufwändig, alle diese Möbel und Dekosachen zu organisieren. Hier passt alles zusammen. Es ist wirklich perfekt."

Tavi sprach mit solcher Inbrunst, dass Jack für einen Moment vergaß, was er über ihn wusste. In der Werbefirma war er anscheinend am richtigen Ort.

„Ich kenne die Anzeige nicht. Ein Freund hat mir davon erzählt, dass dieser Club eröffnet und meinte, das wäre vielleicht was für mich."

Vielleicht war es gar nicht so schlecht, dass Tavi sich wieder hierher getraut hatte. So konnte er mit ihm reden. Ihm vielleicht noch ein paar Dinge entlocken, die er sonst nicht erfahren würde. Vielleicht konnte er sogar sein Vertrauen gewinnen. Irgendetwas schien Tavi ja an ihm zu finden.

Jack wandte sich der Klaviatur zu und legte seine Finger an die Tasten.

„Kannst du spielen?", fragte Tavi, noch ehe er dem Instrument die erste Note entlockt hatte. Zur Bestätigung ließ Jack die ersten Takte von Rachmaninows cis-Moll-Prélude op. 3 Nr. 2 erklingen.

Er hörte, wie Tavi eilig näher kam. Dann stand er neben ihm und schaute zu, sichtlich begeistert. Jack spielte weiter, ließ die Musik den Raum füllen, die melancholischen Töne seine Gedanken reinigen. Im Klavierspiel hatte er Zuflucht und Trost und ein Stück weit Frieden gefunden. Eine Form, das auszudrücken, was Worte nicht konnten. Ein Regen aus Klängen konnte die Seele reinigen wie echtes Wasser einen Körper.

Seine Hände spielten das Lied ganz von selbst, zuckten auf den Tasten hin und her, und entlockten dem Flügel die dramatischsten Töne. Erst als er am Ende ankam und er etwas Sanftheit brauchte, um die letzten Noten richtig zu spielen, wurde ihm wieder bewusst, dass er nicht allein hier war.

„Das ist großartig, aber mir will nicht einfallen, von wem das stammt."

Hatte Tavi Ahnung von klassischer Musik oder dem Klavierspiel, oder täuschte er das nur vor?

„Ein russischer Komponist."

Ein Lächeln breitete sich unter der Maske aus. „Rachmaninow! Es lag mir auf der Zunge."

Verwundert hob Jack die Brauen. „Ja, stimmt."

„Du spielst echt gut." Einfach so nahm Tavi neben ihm auf der kleinen Bank Platz. „Kannst du mir das nochmal zeigen. Ich glaube, das Stück würde ich gerne in mein Repertoire aufnehmen."

Schon streckte er die Hände nach den Tasten aus und suchte nach der ersten Position. Es sah aus, als wisse er tatsächlich, wie man Klavier spielte.

„Ging es so los?", murmelte er und schlug die ersten Töne an. Er musste sich gemerkt haben, wie der Anfang funktionierte. „Und dann ..."

Jack war zu fasziniert, um auf die Richtigkeit jedes einzelnen Tons zu achten, aber was er da spielte, klang nach dem Stück. Er spielte es etwas hektisch, die Hände noch nicht ganz sicher, wie sie alle Tasten auf die beste Weise erreichten, aber doch so gut, dass es schwerfiel, zu glauben, dass er das Stück erst einmal gehört und gesehen hatte.

Jack verlor sich ein paar Sekunden lang in dem Anblick der geschickten Hände auf dem Weiß und Schwarz der Klaviatur. Bis Tavi sie hochriss und lachte, weil er sich hörbar verspielt hatte. „Irgendwie so?"

Die Melodie so verklingen zu lassen, gefiel ihm nicht. Kurzerhand spielte Jack die Passage nochmal. Für sein Ohr und damit Tavi ihr folgen konnte. „Ah", machte er und spielte die Noten noch einmal richtig nach.

So ging es eine ganze Weile. Sie saßen am Flügel, dicht nebeneinander, spielten Rachmaninows Werk in kleine Stücke unterteilt abwechselnd und miteinander, und vergaßen dabei, wo sie waren und warum. Zumindest ging es Jack so. Die Musik hatte ihren eigenen Zauber. Sie verdrängte jeden schlechten Gedanken aus seinem Kopf und dem ganzen Raum und machte Tavi zu jemandem, der einfach nur neben ihm saß und Interesse am Klavierspielen hatte.

Sie verband sie auf eine Weise miteinander, wie bloße Worte es nicht gekonnt hätten. „Danke für die Klavierstunde." Als Tavi ihn anschaute, fand Jack das Monster nicht wieder. Er sah nur die blauen Augen des jungen Mannes, mit dem er die letzte halbe Stunde Klavier gespielt hatte. Sie waren sanft und klar, als gäbe es hinter ihnen keine Geheimnisse. Dabei war das doch die größte Lüge von allen. Oder?

KAPITEL 10

OBWOHL ER SIE die ganze Zeit vor sich gehabt hatte, hatte Tavi bis eben nicht mehr daran gedacht, was Leos Hände alles konnten. Dass sie nicht nur die Tasten beherrschten ...

Jetzt, als sie sich anschauten, strömten die alten Gedanken zurück in sein Bewusstsein. Der Wunsch, mit dem er hergekommen war. Einen Moment lang wollte er Leo alles erzählen. Sein ganzes Leben. Jeden Gedanken, den er jemals gehabt hatte. Weil da etwas zwischen ihnen war, das er bei keinem anderen so spürte. Er konnte diesem Mann vertrauen.

Woher diese Sicherheit kam ... vielleicht von seiner Ausstrahlung, die von Stärke und Selbstbewusstsein geprägt war. Vielleicht aber auch daher, dass Leo sein am strengsten gehütetes Geheimnis bereits kannte. Er hatte sich ihm bereits hingegeben. Es gab nichts zu verstecken. Kein Verstellen. Und auch keinen gespielten Charme. Hier schien er das alles nicht zu brauchen. Er konnte ganz er selbst sein. Der Teil von sich, den er über die Jahre so sorgsam versteckt hatte, dass er manchmal Angst hatte, ob er ihn noch wiederfinden konnte, wenn irgendwann die Zeit dafür käme.

„Kannst du mich in den Arm nehmen?", fragte er. Auch das war etwas, das er im „echten" Leben nicht getan hätte. Er war stark. Er war derjenige, der andere in den Arm nahm, ihnen Hilfe anbot. Er stand so weit oben wie möglich. Immer.

Leo drehte sich auf der Bank zu ihm und schloss ihn in eine starke Umarmung. Ohne nachzufragen, ohne sich zu amüsieren. Es tat so gut, dass Tavi ein kleines Brennen in seinen Augenwinkeln spürte. Es ging vorbei, bevor Tränen daraus werden konnten, aber das Gefühl beherrschte dennoch seinen ganzen Körper.

Er brauchte diesen Club. Mehr als er geglaubt hatte. Vor allem brauchte er diesen Mann. Tavi zog ihn enger an sich und hielt sich an dem starken Rücken fest.

„Du hast es nicht leicht in deinem Tagleben, hm?", murmelte die angenehm tiefe Stimme an seinem Ohr. Tavi musste sich zurückhalten, um nicht wirklich alles zu erzählen.

„Manchmal fühle ich mich gefangen", sagte er. „In einer Rolle. Und in den Entscheidungen, die ich getroffen habe. Kennst du das?"

„Ja, ich denke schon." Er strich ihm durchs Haar und Tavi hielt die Augen geschlossen, um das Gefühl dieser sanften Geste zu genießen.

„Ich habe Gefühle für jemanden, für den ich sie nicht haben sollte und weiß, dass ich mich schon wieder entscheiden muss, weil die Zeit abläuft, aber ich schwanke hin und her wie ein Grashalm im Sturm, weil ich Angst habe, das Falsche zu tun."

Es tat gut, diese riesige Kiste aus schweren Gedanken zu öffnen und wenigstens etwas von dem Inhalt mit jemand anderem zu teilen, aber zugleich wollte er nicht zu viel verraten. Sein innerer Beschützer mahnte ihn, nicht näher ins Detail zu gehen, und Tavi verstummte.

„Gab es denn in deiner Vergangenheit eine schwerwiegende Entscheidung, die du bis heute bereust?"

Diese Frage war weit wie der Ozean. Sie reichte in sein ganzes Leben hinein, das sich viel länger anfühlte als die 26 Jahre, die es tatsächlich andauerte. In Gedanken war er oft zurück zu den Momenten gegangen, an denen er wichtige Entscheidungen getroffen hatte.

Wie wäre seine Situation jetzt, wenn er sich beim Eintritt in die Firma geoutet hätte? Wenn er Eli auf ein Date eingeladen hätte, als er sich zum ersten Mal in sein Lächeln verguckt hatte? Wie wäre alles, wenn er damals in der Schule andere Wege gefunden hätte, um zu überleben? Im Studium?

Und wie wäre es, wenn Philipp noch da wäre?

„Ich hätte vieles besser machen können", flüsterte er. „Es ist scheiße, sein Leben auf einer Lüge aufzubauen."

„Wenn man lügt, muss man ständig mit Angst leben", sagte Leo. Er hatte recht. Angst war eine immense Belastung. Sie war immer da, selbst in den Momenten, in denen er sie nicht spürte. Sie saß in seinem Nacken wie ein blutsaugendes Ungeheuer. Er hatte sich schon so sehr an sie gewöhnt, dass er sie nur noch selten wirklich spürte. Zum Beispiel, wenn er komische Nachrichten auf sein Handy geschickt bekam.

„Jetzt gerade hab ich keine."

Ihre Lippen fanden sich zu einem Kuss. Zuerst ganz sanft, geradezu liebevoll, dann langsam immer fordernder, fast schon aggressiv. Ein heißes Prickeln kroch unter Tavis Haut und unter die Maske.

„Warum hast du vor mir keine Angst?", fragte Leo und zog ihn an den Haaren ein Stück von sich weg, sodass Tavi das Kinn heben musste, damit es nicht schmerzte.

„Ich weiß es nicht", keuchte er und wahrscheinlich hätte ihm schon diese Frage Angst machen sollen, aber sie tat es nicht. Nicht wirklich. Stattdessen schickte sie einen heißen Stromstoß durch seinen Körper. Das Prickeln von Gefahr. Und den Drang, sich ihr auszuliefern.

„Heute bist *du* dran", raunte Leo mit dunkler Stimme und ließ ihn los. Tavi nickte. Die Hitze seiner Erregung machte seinen Körper seltsam schwer, als er aufstand und sich vor den Klavierhocker kniete. Leo drehte sich zu ihm um und öffnete seine Hose.

Allein diese Geste ließ alles in Tavi kribbeln. Die Klarheit und die leise Forderung, die in Leos Handgriffen lag.

Es kostete Tavi keine Überwindung. Ganz im Gegenteil. Er wollte genau das.

Noch umschloss Leos Hand den Schaft und er schien auch nicht vorzuhaben, ihm das zu überlassen. Er rückte noch näher heran, atmeten den herben Duft von Erregung und Verlangen.

Sie brauchten hierfür nicht mal Worte. Er öffnete einfach den Mund und Leo schob seinen Schwanz hinein, als wäre es das Natürlichste auf der Welt. Das Gefühl, das jetzt in ihm war, hätte keine Maske verbergen können. Dieses heiße Brodeln, das seine Augenlider flattern ließ und ihm seinen ganzen Körper mit jeder Faser bewusst machte.

Er hatte vergessen, wie sehr es ihm wirklich gefiel, einen anderen Mann zu schmecken, seine Gegenwart so deutlich zu spüren wie jetzt, und keine Angst davor zu haben, sich diesem Bedürfnis zu öffnen.

Sein Herz klopfte in seiner Kehle, und sein Atem wurde wärmer, während er Leo mit der Zunge umschmeichelte und seine Lippen fest um das heiße Fleisch schloss. Noch immer unterlag er seiner Führung. Seine Hände hatten sich in Ermangelung einer Aufgabe in den Stoff der halb heruntergelassenen Hose verkrallt. Leo wollte nur seinen Mund – den aber ganz und gar. Das sagten die Finger in seinen

Haaren, die ihn so harsch festhielten, als bestünde die Gefahr, dass er abhaute.

Tavi dachte nicht eine Sekunde ans Weglaufen oder Zurückweichen. Die Gänsehaut in seinem Nacken erneuerte sich mit jedem Stoß in seinen Mund. Kurze Würgelaute wechselten sich mit dem Japsen nach Luft und dem stetigen unterschwelligen Stöhnen ab, das ganz tief aus seinem Inneren kam.

Speichel lief aus seinen Mundwinkeln. Er hatte viel zu viel davon. Die Maske verschob sich ein Stück nach oben, hielt ansonsten aber wacker die Stellung. Seine Knie schmerzten genauso wie die Enge seiner Jeans. Tavi schluckte salzige Tropfen und trank die vor Erregung rauen Atemzüge, die von oben kamen. Leo klang gehetzt und angestrengt, und nur in dem einen Moment, in dem alles gipfelte, entkam ihm ein Stöhnen.

Tavi schluckte die warme Flüssigkeit, mit der sein Mund gefüllt wurde, fühlte sich wie in Trance, als Leo seinen Schwanz aus ihm herauszog und den Griff in seinen Haaren löste. Jetzt erst fing die Stelle wirklich an, zu schmerzen.

Tavi wischte sich den Mund trocken und der Versuch, aufzustehen, endete darin, dass er sein Gewicht von den Knien auf den Hintern verlagerte und entschied, eine Verschnaufpause auf dem Boden zu machen, auch wenn das sicher alles andere als stark aussah.

Schwer atmend und mit wildem Puls lag er da und schmeckte die Erinnerung an das, was er eben getan hatte. Oder eher sie beide miteinander. Er hatte viel gegeben, aber auch etwas bekommen. Ein paar Minuten, in denen er aufrichtig zu sich selbst gewesen war. Er liebte Sex mit Männern. Er wollte das. Viel öfter in seinem Leben. Aber er wusste auch, dass es ihm sofort wieder unmöglich erscheinen würde, sobald er dieses Haus verließ.

Über ihm raschelte es. Wahrscheinlich machte Leo sich sauber, zog die Hose wieder richtig an.

„Willst du da liegen bleiben?"

Tavi hob den Kopf und ergriff die Hand, die Leo ihm anbot, um wieder auf die Beine zu kommen. Am liebsten hätte er sich sofort wieder in seine Arme geschmiegt, aber er schaffte es nicht, noch einmal darum zu bitten. Sie waren fertig. Quitt sozusagen.

Der kurze Blick, den Leo ihm noch schenkte, verunsicherte Tavi. Er wirkte so ... unzufrieden. Hatte es ihm missfallen?

Der Drang, Leo noch einen Moment länger festzuhalten, ließ ihn die erste Frage aussprechen, die ihm einfiel: „Und gibt es was, das *du* bereust?" Vorhin hatte er vergessen, den Ball zurückzuspielen. Aber es interessierte ihn wirklich. Welches Leben lag hinter dieser Maske? Welche Lügen und welche Wahrheiten trug er mit sich herum?

„Ja", sagte er. Eine Antwort, die so viel klarer und direkter war als seine eigene. Kurz und prägnant und trotzdem wie eine schwere Last. Er brauchte den Rest von Leos Gesicht nicht sehen, um zu wissen, dass sich seine Miene gerade verzerrte. In den braunen

Augen standen Schmerz und Bedauern und noch etwas anderes. Etwas, das Tavi tatsächlich Angst machte.

Er schluckte und konnte für den Moment nicht mehr tun, als dem Blick dieses fremden Mannes standzuhalten.

„Das tut mir leid." Tavi meinte es wirklich. Leos Schmerz missfiel ihm. „Wenn du darüber reden willst ... ich meine, deswegen bist du nicht hier, aber ... ich merke immer mehr, dass es manchmal einfacher ist, sich jemandem zu öffnen, den man nicht weiter kennt."

„Vielleicht reden wir tatsächlich irgendwann darüber", sagte Leo und ließ Tavi mit einem hoffnungsvollen Gefühl in der Brust zurück. Eines, das ihn ungeduldig und leicht machte, und das ihn dazu zwang, Leo hinterherzuschauen und noch Sekunden, nachdem der den Raum verlassen hatte, gedankenverloren die Tür anzustarren.

Etwas an diesem Mann bewegte ihn, zog ihn an und faszinierte ihn. Etwas, das sich nicht allein mit sexueller Anziehung erklären ließ. Noch mehr als zuvor war ihm klar, dass er ihn wiedersehen wollte. Und vielleicht steckte darin ein kleines bisschen Hoffnung für die Probleme in seinem *Tagleben*, wie Leo es genannt hatte. Vielleicht konnte er Eli ja vergessen. Vielleicht konnte er sich in den Löwen verlieben.

Kapitel 11

FRÜHER HATTEN IHN Neugier und Energie durchflutet, wenn er eine Ausstellung betreten hatte. Die klaren Linien der Galerie, das Licht, die Stimmung der Besucher – es war alles wie immer, aber es erreichte ihn nicht mehr so, wie es das früher gekonnt hatte.

Jack war dennoch hier. Er hatte sich passend angezogen, sich gestriegelt und zurechtgemacht, versucht, etwas Vorfreude in sich zu finden. Er wollte sich einlassen, denn er wusste, dass es an ihm lag – nicht an der Kunst.

Damals hatte sie so viel in ihm geweckt. Sein Interesse an der Malerei hatte ihn mit Künstlern und Kulturfreunden zusammengebracht, Kontakte hergestellt, auf denen er ein ganzes Leben hatte gründen können.

Und er hatte selbst welche geschaffen. Seine Malerei-Versuche waren keinen tieferen Blick wert, aber er hatte Kunst auf die Bühne gebracht. Das war genug gewesen.

Eine Weile blieb er vor einem Gemälde stehen, das eine Szene in einer Garderobe zeigte. Das geschäftige Treiben war gut eingefangen, die Farben, das geordnete Durcheinander, die erwartungsvollen Minuten, bevor alles begann ...

Jack konnte etwas darin sehen.

Das Bild stammte von einem jungen Künstler, dessen Name noch ganz frisch war. Es hätte gut in seine Wohnung gepasst. Vielleicht in den Flur oder die lange Wand im Wohnzimmer.

„Ich dachte mir, dass dir das hier gefallen könnte. Ich würde sogar zugeben, dass ich vorhin absichtlich jemanden davon abgelenkt habe, weil ich wollte, dass du zuerst die Gelegenheit hast, es zu erwerben."

Clara legte ihm eine Hand auf die Schulter und Jackson rang sich ein höfliches Lächeln ab. Es war nett von ihr, dass sie das getan hatte – und sie hatte recht mit ihrer Einschätzung. Aber dennoch ... in ihm regte sich nicht der Drang, das Bild zu besitzen.

Sie musste es ihm ansehen. „Jetzt enttäuschst du mich aber. Was fehlt dir?"

Er schüttelte den Kopf. „Das Bild hat alles, was es braucht. Ausstrahlung, handwerklichen Schliff und Gefühl."

„Was ist es dann?"

„Ich möchte es nicht haben."

Sie drückte seine Schulter sanft, ehe sie ihn losließ. Es war eine Geste des Mitgefühls. Wahrscheinlich schob sie es auf seinen Jobwechsel ... und das war auch naheliegend. Er hatte viel verloren in den letzten Jahren. Vielleicht zu viel, um noch etwas mit vollem Herzen besitzen und für sich haben zu wollen.

*

Tavi streunte durch das Haushaltswarengeschäft und besah sich Designer-Kaffeekannen, Weindekanter und Obstschalen. Es war gar nicht so einfach, das Richtige für Eli und Lola zu finden. In letzter Zeit ging es bei den beiden oft um die anstehenden Renovierungen und das Esszimmer war als nächstes dran – deswegen war er sich sicher, dass er hier im richtigen Jagdrevier unterwegs war.

Sein Blick blieb an einem Pärchen Pfeffer- und Salzstreuer hängen, die besonders elegant gestaltet waren. Die Form erinnerte an vergrößerte Schachfiguren. Das würde Eli gefallen. Aber er wollte auch bei Lola punkten. Tavi beschloss, noch ein bisschen zu suchen.

Dieses Geschenk sollte eine Bedeutung haben. Nicht nur für die beiden, sondern auch für ihn. Er wollte sich mit dem Gedanken versöhnen, nur noch Elis bester Freund zu sein. Nicht mehr der Typ, der heimlich auf ihn stand. Er wollte die beiden als Paar sehen und sie als Paar beschenken.

Die letzten Tage über hatte er auf der Arbeit ein bisschen mehr Abstand gehalten. Nicht mehr jede Minute und jede Gelegenheit, die sich bot, genutzt, um in seiner Nähe zu sein. Dabei hatte er gemerkt, dass es schon fast ein Reflex war. Einer, der ihnen beiden nicht half.

Wenn er daran dachte, wie er vor ein paar Tagen in dem Club auf den Typen abgegangen war, der ihn an Eli erinnert hatte, wurde ihm schlecht. So etwas sollte nie wieder passieren. Deswegen brauchte er ein bisschen Abstand. Und zugleich mehr Nähe zu anderen Männern. Zu Leo.

Ein kleines Grinsen hob seine Mundwinkel. Natürlich dachte er oft an ihre letzte Begegnung. Aber nicht nur an die Küsse und den Sex. Er dachte auch daran, wie gut Leo an diesem Klavier ausgesehen hatte. An die fließenden Bewegungen seiner Hände und die Leidenschaft, die sein ganzer Körper, seine Art zu spielen, verströmt hatte. Wie er sich nach vorn beugte, den Kopf kaum merklich zur Musik bewegte.

Das hatte ihm gefallen. Er hatte sich selbst darin erkannt. Einen Teil von sich.

Eigentlich hatte er Klavierspielen nur lernen wollen, weil es nützlich war und gut aussah. Weil es seinem Charme half und Menschen beeindruckte, wenn man es beherrschte. Es passte in das Bild, das er von sich selbst in den Köpfen der anderen zeichnen wollte.

So war er an die Sache herangegangen. Mechanisch und mit einem klaren Ziel, das wenig mit Kunst und Hingabe zu tun hatte. Aber mit der Zeit hatte er sich verliebt. In die Herausforderung, in die Ästhetik der

Melodien und das Genie der Komponisten. Und in die Fähigkeit, Musik aus einem Instrument zu locken.

Die Melodie von Rachmaninows Prelude kam ihm wieder in den Sinn und ließ ihn für eine Weile durch den Laden tänzeln.

Er lief genau auf eine Obstschale zu, die auf einem kleinen Sockel präsentiert wurde. Ein hübsches Teil, niedlich und gerade noch an der Grenze zum Kitsch. Vielleicht genau das, was er suchte.

Tavi nahm sie vorsichtig in die Hände um sie zu drehen und von allen Seiten zu betrachten.

„Nicht schlecht", murmelte er. Seine Suche hatte ein Ende.

Zufrieden hielt er die Schüssel im Arm, während er mit der freien Hand sein Smartphone aus der Tasche zog, weil es gerade vibriert hatte. Ob Perkins ihm endlich die Liste gemailt hatte?

Ich kenne dein Geheimnis.

Geh zur Polizei und leg ein Geständnis über dein Verbrechen ab.

Ich gebe dir eine Woche Zeit.

Wenn du mich ignorierst, wirst du es bereuen.

Die Schüssel zerschellte mit einem lauten Klirren auf dem Boden. Das schrille Geräusch hallte in Tavis Kopf. Sie war ihm einfach aus dem zittrigen Arm gerutscht. Geschockt starrte er auf die Scherben, steckte das Telefon ein und ballte seine Hände zu Fäusten, um das Beben seiner Finger zu unterdrücken.

„Entschuldigung, mir ist hier ein Missgeschick passiert", rief er der Angestellten zu und hockte sich zu den Scherben. Er würde wohl zwei von den Schüsseln bezahlen müssen.

Auf dem Heimweg wuchs das schlechte Gefühl, das schon seit der Handybotschaft in ihm keimte. Es wurde zu einem Schal, der sich um seine Kehle legte und drohte, sich festzuziehen. Tavi wollte der Außenwelt nicht zeigen, wie es ihm ging. Er hatte die Hände in die Manteltaschen vergraben, wendete in der einen den Handschmeichler und in der anderen sein Mobiltelefon. An seinem Handgelenk baumelte der Beutel mit dem sorgsam verpackten Geschenk.

Obwohl er die Nachrichten nur einmal kurz angesehen hatte, standen sie glasklar vor ihm, eingebrannt in seine Netzhaut.

Dein Verbrechen.

Eine Woche Zeit.

Bereuen.

Wenn das die zweite Stufe eines Scam-Angriffs war, dann wusste er nicht, was der Zweck des Ganzen war. Nein, wahrscheinlicher war leider wirklich, dass diese Nachrichten echt waren.

Denn es gab ein Verbrechen. Und es gab vieles, das er bereuen könnte.

Aber er konnte nicht zur Polizei gehen. Weder, um diese Bedrohungen zur Anzeige zu bringen, noch, um wirklich ein Geständnis abzulegen. Das war keine Option. Er hatte das nicht gewollt. Es war ein Unfall gewesen.

Eine Woche Zeit.

Scheiße.

Er brauchte einen Plan. Vielleicht sollte er einen Privatdetektiv engagieren, der herausfand, wer ihm diese Nachrichten schrieb? Vielleicht beobachtete ihn jemand. Er musste ja irgendwie nachprüfen können, ob er zur Polizei ging, oder?

Tavi sah sich um, aber da war nichts Auffälliges. Nur ganz normale Leute, die von A nach B unterwegs waren, so wie er.

Was sollte er machen?

Obwohl er in einem normalen Tempo lief, fühlte er sich gehetzt. Als würde sein Körper innendrin mehr leisten, als außen sichtbar war. Das war die Angst. Die Angst, dass da draußen jemand war, der sein Leben kaputtmachen wollte. Und das würde er.

Wenn er gestand, dass er für den Tod eines anderen Menschen verantwortlich war, würde er ins Gefängnis gehen. Und wenn er es nicht tat, würde der Unbekannte andere Wege finden, ihn *bereuen* zu lassen.

Vielleicht war es eine leere Drohung. Vielleicht war es jemand von der Uni, der einfach nur vermutete, dass er schuld war, und einfach mal ins Blaue schoss, um zu sehen, was passierte. Oder jemand von noch früher, aus seiner alten Schule. Da gab es genügend Leute, denen er das zutraute.

Vielleicht wusste die Person, dass er ein Doppelleben führte, und wollte das ausspielen, wenn er sich weigerte. Vielleicht aber auch nicht. Vielleicht war es nur ein Streich. Ein Bluff. Aber auf so ein *Vielleicht* wollte er sich nicht verlassen, wenn es um sein Leben und seine Zukunft ging.

Erst, als er die Wohnungstür hinter sich schloss und den Schlüssel drehte, fühlte er sich besser. Tavi trug die neu gekaufte Schüssel in die Küche und stellte sie so ab, dass er sie nicht aus Versehen herunterreißen konnte.

Dann lehnte er sich gegen den Tresen und atmete tief durch. Was war denn bloß los mit seinem verdammten Leben? Er hatte in den letzten Jahren so hart an sich und dieser Karriere gearbeitet, versucht, einfach nur alles richtig zu machen, eine gute Basis aufzubauen. Und jetzt drohte alles kaputtzugehen.

Er wollte das nicht.

Und vor allem wollte er nicht zulassen, dass das jemand mit ihm machte. Er wollte sich nie wieder schwach und wehrlos fühlen, aber wenn er das jetzt passieren ließ, dann führte kein Weg daran vorbei.

Er musste irgendwas tun. Den Menschen finden, der dahintersteckte.

Eigentlich konnte es nur jemand aus seiner Vergangenheit sein. Jemand von der Uni. Ehrlich gesagt war auch das unwahrscheinlich ... niemand hatte sie gesehen. Wenn es einen Zeugen gab, dann hätte der sich doch damals schon melden können.

Sein Blick wanderte zu dem Kalender, der am Kühlschrank hing. Das Klassentreffen in ein paar Tagen war rot eingerahmt. Aus gutem Grund. Er hasste allein den Gedanken daran, dort auftauchen zu müssen.

Denen traute er das zu. Vielleicht hatte sich einer von ihnen an ihn erinnert, weil der Termin näher rückte. Hatte recherchiert und gesehen, dass er Erfolg hatte, dass er jemand war. Ja, vielleicht. Gott, wie er diese Wichser hasste. Sein Blut begann zu brodeln. Aber er durfte sich nicht von einem heftigen Gefühl ins andere manipulieren lassen. Er musste ruhig bleiben, die Situation beherrschen und in die Hand nehmen.

Tavi nahm sein Smartphone und schickte seinem Cousin eine Nachricht. Ihm konnte er vertrauen und außerdem war Terry der stärkste Mensch, den er kannte. Er würde bestimmt wissen, was er tun konnte.

Können wir uns treffen? Ich brauche deinen Rat.

KAPITEL 12

HEUTE NACHT FEHLTE dem Club etwas. Die Besucher waren es nicht. Die strömten jeden Tag zahlreicher heran und erweckten die Räume zum Leben. Wenn er so durch die Zimmer spazierte, fühlte er sich wie auf einem Maskenball.

Tatsächlich wahrten die Männer eine gewisse Form von Anstand. Er hatte noch kein Paar direkt auf den Gängen vögeln sehen – sie suchten stets ein Versteck und einige hatten auch schon seine geheimen Winkel entdeckt, aber laut dem Putzdienst noch nicht alle. Es gefiel ihm, dass dieser Ort, der seiner Fantasie entsprungen war, so vielen Menschen Freude bereitete. Das war eine Art von Erfüllung, die er bisher nicht gekannt hatte.

Dennoch ... er war unzufrieden. Aus einem Grund, der ihn noch unzufriedener machte. Es war Tavi. Jack kannte sich. Er zog von Raum zu Raum, weil irgendetwas in ihm doch hoffte, dass er wiederkam.

Einerseits sagte er sich, dass das daran lag, dass er noch mehr von ihm wissen wollte. Mehr über Philipps Tod. Aber dann sah er ihn vor sich knien und die Erinnerung an die heiße Euphorie durchdrang ihn kribbelnd und weckte die Gier nach mehr. Wenn das die Form war, die sein Wunsch nach Rache annehmen wollte, war das beunruhigend. Aber andererseits ... welche Art von Genugtuung hatte er nach allem noch zu erwarten? Selbst wenn Tavi zur Polizei ging und alles gestand, würde das nichts an seinem Leben ändern. Phil würde tot bleiben. Und er allein.

Aber zumindest würde er dieses Kapitel seines Lebens dann abschließen können. Es war schlimm genug, das eigene Kind beerdigen zu müssen. Aber zu wissen, dass die Tat ungesühnt bleiben würde, war mit der Zeit quälend geworden.

Dass es Tavi war, hatte er von Anfang an geahnt. Und als er ihn hier wiedergesehen hatte, hatte er es gewusst: Der Kerl war wie viele Homophobe selbst schwul und Phils Tod ein Akt des Selbsthasses gewesen. Dafür gab es keine Entschuldigung. Auch nicht nach so vielen Jahren.

Er wollte, dass Tavi litt. Dass er bezahlte. Für beides würde er sorgen. Wenn er sich nicht stellte, würde er ihn outen. Vor seinen Kollegen, vor seinen Chefs, vor seinen Freunden. Vor allen, die er belogen hatte.

Jack schnaufte, als ihm der Gedanke kam, dass er dem Kerl damit wahrscheinlich sogar einen Gefallen tun würde. Letztes Mal hatte er sehr mitgenommen, geradezu zerbrechlich gewirkt. Jack wollte es nicht zugeben, aber der Drang, ihn in den Arm zu nehmen, war echt gewesen. Vielleicht lag es daran, dass Tavi so alt war, wie Phil jetzt gewesen wäre. Dass er so etwas wie Vatergefühle in ihm weckte. Einen Beschützerinstinkt. Gefühle waren eben manchmal absurd. Er konnte einen Moment lang Mitleid mit diesem Mann haben ... aber am Ende blieb doch nur die Wut darüber, dass er ihm seinen Sohn weggenommen hatte.

„Du siehst gestresst aus", sagte jemand zu ihm. „So ein verbissener Mund. Soll ich dich zum Stöhnen bringen? Dann entspannt er sich bestimmt."

Jack blickte dem Mann mit Hasenmaske entgegen, der ihn ziemlich offensiv angrinste.

„Nein."

„Manche sagen, du bist der Boss hier. Ich würde dir wirklich gerne meine Dankbarkeit ausdrücken. Ich bin *sehr sehr* dankbar für diesen Ort und die Gelegenheiten, weißt du?"

Seine laszive Sprechweise und dieses offensichtliche Honig-ums-Maul-Geschmiere verärgerten ihn im Moment mehr, als dass sie ihn neugierig auf den Typen machten.

„Vielleicht solltest du einfach eine Dankeskarte in den Briefkasten werfen. Man kann nicht jedem Gerücht glauben, das man irgendwo aufschnappt."

„Du trägst eine Löwenmaske. Der König der Tiere. Und der König des Maskenclubs. Komm, trink wenigstens ein Glas mit mir, okay? Dann hopple ich davon. Und ich sage auch keinem, dass du wirklich der Boss bist."

Jack willigte ein. Der Hase wirkte nicht, als würde er sonst locker lassen, und ehrlich gesagt war ihm tatsächlich nach einem Schluck. Womöglich hatte der Kerl seine schlechte Laune nicht verdient.

So saßen sie eine Weile später an der Bar und redeten über Belanglosigkeiten. Er ließ den Hasen plappern, brummte ab und zu etwas und genoss die Bisse des Alkohols in seiner Kehle. Nach und nach verkam die Stimme des anderen zu einem Hintergrundgeräusch, und seine Gedanken schweiften in alle möglichen Richtungen, wurden seltsam träge. Warum war sein Kopf so schwer? So viel hatte er doch gar nicht getrunken.

Jack runzelte die Stirn und blickte sein Glas an. Es war immer noch das erste. Oder?

Wo war eigentlich der Hase hin? Weg. Hatte er sich verabschiedet oder war er nur kurz aufs Klo? Sein Kopf pochte, als wäre der Versuch, sich zu erinnern, ein wahnsinniger Kraftakt.

Unruhe wühlte das träge Meer seiner Gedanken auf. Sie brach nicht durch, aber sie klopfte in seiner Brust, war eindeutig da, aber wie verlangsamt, eingeschläfert.

Eine giftige, fremde Hitze schoss in sein Gesicht und seinen Magen. Der Kerl war nicht sauber. Er hatte es irgendwie geschafft, ihm etwas unterzuschieben. Aber wie? Und vor allem warum?

Okay, er musste sich zusammenreißen. Jack rutschte von dem Barhocker und musste feststellen, dass sich alles so schwer und träge anfühlte – nicht nur sein Kopf. Noch bevor er die Tür erreicht hatte, wusste er, dass er Hilfe brauchte.

Er konnte hier nicht zusammenbrechen. Und er konnte auch nicht nach einem Arzt rufen. Wenn er das tat, würden die anderen merken, was los war. Dass jemand Drogen hereingeschmuggelt und ihm untergeschoben hatte. Ausgerechnet ihm, dem Inhaber. Niemand würde sich hier mehr sicher fühlen.

Hastig suchten seine Augen nach einem Ausweg. Der Weg bis nach Hause erschien ihm viel zu weit. Er war zu Fuß hier. Sein Handy ... er müsste es sich erst herausgeben lassen.

Scheiße.

Plötzlich entdeckte er etwas Vertrautes. Tavi kam ihm auf dem Flur entgegen. Mit einer unwirklichen Geschwindigkeit. Ein Blinzeln und er war vor ihm.

„Hey." Seine Stimme war ein Rettungsanker.

Jack griff nach seinem Arm. „Du musst mir helfen", sagte er leise. Selbst seine Stimme wollte seiner Kontrolle entgleiten, war dünn und brüchig, obwohl er versuchte, Stärke und Nachdruck hineinzulegen.

Die Augen hinter der engelsgleichen Maske musterten ihn besorgt. „Was brauchst du? Was ist los?"

„Geh mit mir nach oben." Er nahm Tavis Hand und hoffte, dass er losgehen und nicht weiter nachfragen würde. Jetzt gerade brauchte er jemanden, der ihn führte, denn er wusste nicht, ob er ankommen würde.

Tavis Augen wurden schmaler. Dann festigte sich der Griff seiner Finger und er zog ihn mit sich. Hin zu den Treppen. In seinem Kopf drehte sich alles. Der Boden schwankte, seine Füße fielen mehr voreinander auf den Boden, als dass sie Schritte machten, doch irgendwie funktionierte es.

Die Treppe kostete ihn alle Energie. Als er oben ankam, zitterte sein ganzer Körper. Hinter der Maske lief der Schweiß.

„Die dritte Tür", sagte er zu Tavi. Es war das barocke Schlafzimmer mit dem kleinen Geheimraum.

Sein Körper fühlte sich kaputt an. Von innen. Ihm war heiß und übel und gleichzeitig kalt. Sein Puls klopfte an seiner Schläfe, tausend Nadeln stachen in seine Fingerspitzen. Er stolperte über die Schwelle des Raumes.

Tavi schloss die Tür.

„Was ist mit dir?", fragte er und die Angst in der vertrauten Stimme durchdrang ihn.

Mit trockenem Mund erwiderte er: „Jemand hat mir was untergejubelt." Er musste husten. Sein Blick fand die Wand, hinter der der versteckte Raum lag. Der Vorhang auf der linken Seite des Fensters verdeckte den schmalen Durchgang. Daneben schloss sich ein Regal an. Es war schwierig, dieses Versteck zu finden, wenn man nicht wusste, dass es da war.

Jack strebte auf den Vorhang zu, schob ihn beiseite und schleppte sich hinüber zum Bett. Seine Beine konnten keinen weiteren Schritt mehr leisten. Er fiel auf den roten Stoff und blieb liegen. Sein Bewusstsein flackerte.

Er hatte sich noch nie so elend gefühlt. Schwer atmend drehte er sich auf den Rücken, hörte nur fern die Schritte, die ihm polternd folgten, und Tavis aufgeregte Stimme.

KAPITEL 13

TAVIS HERZ POCHTE laut. Vor Panik und Ungewissheit. Was war mit dem Löwen passiert? Und warum hatte er gewollt, dass er ihn herbrachte?

„Du brauchst einen Arzt", sagte er und beugte sich über ihn, fühlte vorsichtig seine Stirn, so weit es möglich war. Sollte er ihm die Maske abnehmen, damit er besser atmen konnte oder so?

Er war drauf und dran, es zu tun, aber dann zog er die Hand doch zurück. Das stand ihm nicht zu und ... Leo regte sich auch schon wieder.

„Kann sein, aber das geht nicht", erwiderte er eindringlich. „Ich will weder, dass meine Identität bekannt wird, noch, dass der Club Probleme bekommt."

„Was ist überhaupt passiert?", fragte er nochmal und strich ein wenig hilflos über Leos Arm. Er wollte etwas für ihn tun, es irgendwie bessermachen, aber wusste nicht wie.

„Ein Typ mit einer Hasenmaske muss mir etwas untergemischt haben. Wir haben zusammen getrunken."

„Wie fühlst du dich? Du bist überall ganz heiß."

Er bekam nur ein unbequemes Stöhnen zur Antwort und Leo begann, mit unkoordinierten Handgriffen das Hemd aufzuknöpfen. Tavi half ihm eilig. „Wehe du stirbst", sagte er und zog Leo die Schuhe aus, damit der sich dafür nicht aufrichten musste. Es sollte wie ein Scherz klingen, aber er spürte die Angst vor genau dieser Sache ganz deutlich in sich.

Mit zusammengekniffenen Lippen überlegte er, ob er nicht doch zum Eingang gehen, sein Handy verlangen und einen Notarzt rufen sollte, aber wie fair wäre das? Wer wusste besser als er, dass es einem manchmal wie das Schlimmste auf der Welt vorkommen konnte, andere hinter die eigene Maske blicken zu lassen. Leo war erwachsen, er musste entscheiden, ob er es riskieren konnte. Und Tavi hoffte, dass er auf seine Entscheidung vertrauen konnte.

„Ganz sicher nicht. Dafür habe ich noch zu viel zu erledigen", murmelte er. „Aber du musst mir helfen. Ich brauche Wasser. Nebenan ist ein Bad. Pass auf, dass dich keiner sieht."

Tavi nickte. „Okay. Ich bin gleich wieder da." Es fühlte sich gefährlich an, den Schutz ihres kleinen Verstecks zu verlassen, aber er war dennoch froh, dass er etwas tun konnte. Wasser war sicher eine gute Idee. Er musste welches organisieren.

Er schlich zur Tür, öffnete sie vorsichtig einen Spalt und lauschte, ob auf dem Flur jemand war. Als er nichts hörte, wagte er sich hinaus und eilte nach nebenan, so wie Leo es ihm geraten hatte.

Tatsächlich erinnerte dieser Raum an ein asiatisches Badehaus. Tavi schaute sich überrascht um, konnte seiner Neugier aber nicht nachgeben, denn er wollte möglichst schnell zurück. In einem der Schränke fand er einen Messbecher. Nicht ideal, aber das Beste, was er auf die Schnelle finden konnte. Er ließ ihn mit kühlem Wasser volllaufen und trug ihn sorgsam zurück zu Leo.

Der saß inzwischen auf dem Bett, die Füße auf dem Boden abgestellt und den Oberkörper nach vorn gebeugt. Er nahm ihm den Becher ab und trank davon, als wäre er kurz vorm Verdursten.

Tavi lauschte dem Schluckgeräusch und blieb neben ihm stehen, bis er fertig war. Er beobachtete, wie Leos Kehlkopf sich bewegte und wie kleine Rinnsale an seinen Mundwinkeln entlangliefen, weil der Messbecher einfach kein gutes Trinkgefäß war.

Leo selbst störte sich nicht daran. Er wischte sich die Mundpartie ab und stellte den Becher, der nun halb leer war, neben sich auf den Boden.

„Was für erbärmliche Kreaturen müssen das sein, die so eine Aktion planen und umsetzen", murmelte er. „Vielleicht irgendwelche religiösen Fanatiker, die keinen Club wie diesen in ihrer Umgebung wollen."

Tavi schnaufte. „Die müssen nicht religiös sein. Die, die meinen Cousin zusammengeschlagen haben, hatten nichts mit der Kirche am Hut. Die haben einfach nur Schwule gehasst."

„Dein Cousin?"

„Der war mein Held, als ich so dreizehn war. Tätowiert und alles. Ein richtig starker Kerl. Vielleicht ein bisschen der Ersatz für meinen Vater, vor dem ich mein Wahres Ich ja immer noch verstecken muss. Als ich an einem Nachmittag unangekündigt zu ihm kam, hab ich ihn kaum erkannt, weil sein Gesicht total kaputt war. Angeschwollen und blutig."

Das Bild war so lebendig in seinem Kopf, als hätte er es gerade eben erst erlebt. Es war ein Schock gewesen. Terry war für ihn immer unsterblich und unverletzlich gewesen. So wie jedes Vorbild für Kinder einfach unantastbar war. Aber an dem Tag hatte er gelernt, dass niemand unantastbar war.

„Geht es ihm gut?"

„Ja. Das ist ja schon ewig her. Er ist weggezogen aus der Stadt. Ich glaube manchmal, hier in der Gegend ist es besonders schlimm."

„Ich hab sowas noch nie erlebt", sagte Leo und schob sich wieder ganz aufs Bett. „Anfeindungen und dumme Sprüche, das schon, aber keine Handgreiflichkeiten. Aber ich habe mich auch die meiste Zeit mit Frauen beschäftigt."

Tavi konnte nicht anders, als den Körper des Löwen genauer zu mustern, jetzt da er wieder ein bisschen vitaler wirkte und die Panik von ihm abfiel. Es war das erste Mal, dass er ihn oben ohne sah. Viel Licht stand dafür nicht zur Verfügung. Es gab hier nur ein kleines, schmales Fenster, das eher einem Schlitz glich, ein paar Zentimeter unter der Decke. Was er erkennen konnte, gefiel ihm. Schön geformte Brustmuskeln und niedliche, kleine Nippel, die sich ein wenig dunkler auf seiner Haut abzeichneten. Und da war noch mehr. Leo war tätowiert. So wie Terry. Neugierig rückte er näher heran.

„Warum hältst du deine Sexualität geheim?", fragte Leo. „Verzeih mir, wenn ich die Filmstar-Theorie nicht ganz glaube."

Tavi schmunzelte. Er hatte Herzklopfen vor Aufregung, weil er normalerweise mit niemandem darüber sprach, aber jetzt gerade fühlte er sich von der Dunkelheit beschützt und mit Leo so verbunden, dass er sich überwand.

„Okay, ich bin vielleicht kein Filmstar. Ich bin vielleicht nur ein Mann, der zeitig im Leben gemerkt hat, dass man sich nicht angreifbar machen darf, wenn man überleben will. Ich ... hatte es als Kind und Jugendlicher sehr schwer. Mobbing und sowas. Und na ja, ich glaube mein Vater hat sogar geahnt, dass ich Jungs mag und mir immer klargemacht, dass das was Schlechtes ist. Etwas, das nicht geht. Ich musste stark werden und mir eine Rüstung bauen, um klarzukommen. Und dazu gehörte, dass ich hetero war. Ich hab das so aufgebaut und es hat mich weit gebracht. Jetzt muss ich es durchziehen und damit leben."

Das war die Kurzfassung, und es war schon mehr, als er jedem anderen je darüber erzählt hatte. Es jetzt mit jemandem zu teilen, fühlte sich unwirklich an, aber auch entlastend. Seine Augen gewöhnten sich langsam an die Dunkelheit und er versuchte, Leos Gesicht zu erkennen, damit er zumindest an seinem Mund ablesen konnte, was er darüber dachte.

„Es ist schlimm, wenn man von den eigenen Eltern keinen Rückhalt bekommt. Eltern sollten ihre Kinder lieben. Bedingungslos."

Leos Stimme war so klar und ernst, dass Tavi glaubte, sie zum ersten Mal richtig zu hören. Sie ging ihm unter die Haut und hinterließ kribbelnde Spuren.

„Hast du Kinder?"

„Einen Sohn."

Leo hatte also eine Frau und Familie. Führte er ein ähnliches Doppelleben? Tagsüber Ehemann und Vater und nachts Besucher eines Herren-Sexclubs? Tavi hätte gerne näher nachgefragt, aber Leo kam ihm zuvor.

„Und dieser Jemand, für den du keine Gefühle haben solltest, ist ein Freund oder Bekannter von dir, der nicht weiß, dass du schwul bist. Wahrscheinlich ist er hetero, hm?"

Tavi brummte. „Ja, so ungefähr. Ich will von ihm loskommen. Das ist für uns beide besser." Der Gedanke an Philipp streifte ihn wie ein kalter Windzug. Er war auch sein bester Freund gewesen.

Leo gab ein schmerzerfülltes Keuchen von sich. Sein Körper krümmte sich und er biss sichtbar die Zähne aufeinander. Als Tavi die Hand an seinen Arm legte, fühlte er den kalten Schweißfilm.

„Kann ich noch was tun?"

„Bleib ... einfach hier."

„Okay." Er würde bleiben. Wenn es sein musste über die Schließstunde des Clubs hinaus. Das schien auch zu sein, was Leo vorhatte. Vielleicht fand sie in diesem Versteck ja niemand. Und wenn doch jemand vom Personal hier reinschaute, wenn sie zumachten, wäre zumindest der Besuchertrubel vorbei und die Wahrscheinlichkeit geringer, dass andere Gäste etwas mitbekamen.

„Ich hätte wahrscheinlich überhaupt nicht herkommen sollen, aber jetzt bin ich doch ganz froh", murmelte Tavi. „Ich hätte auch fast gar keinen zweiten Besuch unternommen. Aber ich hab ziemlich viel an dich gedacht, nachdem wir uns hier begegnet sind."

„Also willst du mich doch daten", sagte Leo. Er lag wieder auf dem Rücken und eine Hand ruhte auf seinem Bauch. Vielleicht hatte er noch Schmerzen, aber er ließ es sich nicht mehr so anmerken.

Tavi lächelte schief. Er wollte widersprechen, aber wenn er ehrlich war, dann war es doch so, dass es an ihm lag, dass er immer wieder herkam.

„Vielleicht nicht direkt daten, aber ... ich will immer noch nicht, dass es aufhört." Zögerlich streckte er die Hand nach Leo aus und ließ seine Fingerspitzen spielerisch über die Muskeln tanzen. Wie einfach das war. Ihn anzufassen. Einfach so. Sich nicht zurückhalten zu müssen. „Ich hatte das noch nie. Dass ich mich zu jemandem hingezogen fühle, den ich tatsächlich anfassen und küssen kann, wenn ich ihn sehe."

Auch jetzt wollte er ihn küssen, aber er hielt sich zurück, weil es Leo vielleicht unangenehm war, solange er sich krank fühlte.

„Du bleibst dem Club also treu, solange ich auch herkomme?"

„Ich würde alles tun, um dich weiterhin treffen zu können", sagte er und meinte es auch so.

*

Jack fühlte sich matt und kraftlos, und dass sich die Stimmen in seinem Kopf unaufhörlich stritten, machte die Sache auch nicht besser. Das, was Tavi über seine Erfahrungen mit Schwulenhassern erzählt hatte, beunruhigte ihn. Er musste die Sicherheitsmaßnahmen des Clubs deutlich verstärken. Aber das war nur der kleinste Teil des Chaos in ihm.

Sie lagen hier auf diesem Bett und teilten sich eines seiner Lieblingsverstecke. Tavi war nahe bei ihm, vertraute ihm, hatte ihn scheinbar sogar gern. Was für eine verrückte Welt.

Im Laufe der Nacht schickte er Tavi noch einmal Wasser holen und zusätzlich einen Eimer organisieren, in den er sich wenig später übergab. Der Junge tat alles, um ihm zu helfen, machte sich echte Sorgen um ihn, das spürt er in jedem Wort und jeder Berührung.

Es wäre einfach gewesen, ihn jetzt umzubringen. Er würde nicht damit rechnen, dass er sich plötzlich über ihn beugen und erwürgen könnte.

Mehrmals entfaltete sich diese Szene vor ihm in der Dunkelheit des Raumes und seine Finger krümmten sich dabei in seine eigene Haut.

Ihm war abwechselnd heiß und kalt. Auf einmal kam es ihm vor, als würde er einfach durch die Matratze fallen und der Raum sich um ihn herum drehen. Er kniff die Augen zusammen und legte die Hände neben den Körper, um sich am Laken festzuhalten. Mit dem Schwindel kam die Angst vor dem Aufprall. Sein Atem ging schneller. Angst wuchs zu Panik. Von irgendwoher kam Phils Stimme. Ein Hilferuf. Wo war er? Und warum konnte er ihm nicht helfen?

„Leo! Hey!"

Wasser lief über seine Brust und Jack schreckte auf. Tavi saß auf ihm, den Messbecher in der Hand und eine große Portion Besorgnis in den Augen.

Jack runzelte die Stirn. Er spürte das Kribbeln seiner eigenen Panik in allen Gliedern, aber er nahm auch die Wirklichkeit um sich herum wahr. Tavi ... das Bett. Er fiel nicht. Er lag hier. Zwischen Tavis Schenkeln.

„Wer ist Leo?", fragte er noch ein wenig benommen. „Ich glaube, ich hatte eine Halluzination oder so etwas."

„Du sahst aus, als hättest du einen Albtraum", erklärte Tavi und stellte den Messbecher auf den Nachtschrank, ohne von ihm herunterzuklettern. „Ich hab dich Leo getauft, weil ich einen Namen für dich haben wollte, damit ich dich in Gedanken nicht immer den Mann mit der Löwenmaske, oder den Mann aus dem Club nennen musste." Er grinste schief. „Wohl der Beweis dafür, dass ich zu viel über dich nachgedacht habe."

Die Antwort rang ihm ein halbherziges Lächeln ab. Er hatte wirklich Eindruck bei ihm hinterlassen. Vielleicht war das gut. Er konnte das benutzen, um noch mehr von ihm zu erfahren.

„Geht es dir schlechter? Kann ich noch etwas machen?"

„Irgendwie ist es auf einmal ganz schön nass hier." Tavi lachte leise. „Sorry, ich wusste mir nicht zu helfen. Aber es hat funktioniert!" Er zog sich das Hemd aus und rieb ihn damit trocken.

Je länger Tavi auf ihm saß, umso mehr wuchs die Begierde in ihm. Nicht nur die Begierde nach Sex. Da war noch etwas anderes, Dunkleres. Der Wunsch, ihm wehzutun, ihn leiden zu lassen. Nicht nur emotional, sondern auch physisch. Vielleicht ein Zeichen dafür, dass es ihm besser ging. Seit sein Magen leer war, ging es bergauf.

„Ich mag deine Tattoos", flüsterte Tavi und strich mit sanften Fingern über die Linien, hauchte sogar einen Kuss auf die Stelle zwischen seinen Brustmuskeln. Dann, von einem Moment auf den anderen zog er sich ganz zurück. „Entschuldige, ich lass mich gerade total gehen." Er kletterte von ihm herunter und ließ sich wieder auf die Matratze sinken. Tavis Wärme wich spürbar von ihm und das war kein angenehmes Gefühl. „Du bist so neben der Spur, dass du halluzinierst, und ich mache an dir rum ... sorry, ich hab nicht nachgedacht."

Jack schnaufte leise. Er wollte ihm seine Rücksicht nicht abnehmen, aber irgendwie tat er es doch. Es war offensichtlich, dass Tavi ihn scharf fand. Er *wollte* Sex mit ihm haben und Jack hätte ihn nicht davon abgehalten, wenn er sich auf ihn gesetzt hätte. Dass er sich jetzt trotzdem zurücknahm, war irgendwie liebenswert. So liebenswert, dass er ihn in seine Arme ziehen wollte.

Du kannst den Mörder deines Sohnes nicht liebenswert finden.

„Hast du schon mal jemandem wehgetan?", fragte er. Er musste es wissen. Musste wissen, wie aufrichtig Tavi wirklich hinter der Maske war.

Seine Worte schienen ihr Ziel zu treffen. Tavi sah ihn an, nicht ausweichend, ließ ihn in sich hineinblicken. Dann sprach er. „Ja. Sehr sogar. Und ich hasse es. Ich werde es niemals vergessen. Und er wird mir niemals verzeihen."

Weil er das nicht mehr kann, fügte Jack bitter in Gedanken hinzu. Phil war so herzensgut gewesen, dass er es wahrscheinlich getan hätte. Seinem Mörder verzeihen. Er hatte Tavi gern gehabt, das war unübersehbar gewesen. Und ein bisschen verstand er es auch. Tavi hatte etwas an sich, ein Leuchten, in dem man sich verlieren konnte.

In den Augen hinter der Engelsmaske stand Bedauern. Traurigkeit. Schmerz. Jack war drauf und dran, nach der Maske zu greifen, und sie ihm wegzuziehen, um zu sehen, ob das echt war. Aber wahrscheinlich hätte das nicht gereicht. Tavi war ein Schauspieler, er hatte es selbst zugegeben. Er war gut darin, die Menschen um sich herum zu täuschen, tat es jeden einzelnen Tag. Um sich sicher zu fühlen.

So hatte er es ihm erzählt. Aber war das denn die Wahrheit? Wie konnte er ihm auch nur irgendein Wort, irgendein Gefühl glauben?

Jack merkte, wie sich seine eigene Miene verhärtete. Dann sah er das Glitzern hinter der Maske. Tavi hob sie ein Stück und wischte sich über die Wange, ohne den Blick auf sein Gesicht freizugeben. Seine Unterlippe bebte ein bisschen und er zog die Schultern zusammen.

„Du musst mich für den übelsten Psychopathen halten", murmelte er und schniefte leise. Er schien zu versuchen, es mit einem Lachen zu überdecken, aber das gelang nicht. „Bin ich irgendwie auch. Ich glaube, dadurch dass ich so viel von mir verstecke, vor anderen und vor mir selbst, hab ich mich in mehrere Teile gebrochen und manchmal spüre ich diese Risse." Jack sah ihn an, suchte nach der Lüge, aber fand nur die Zerrissenheit, von der Tavi sprach. „Ich bin echt kaputt. Und ich sollte das einem Therapeuten erzählen, nicht dem Mann, dem ich eigentlich gerne vorspielen würde, dass ich total heil und normal und begehrenswert bin."

Bei Tavi brachen die Dämme. Er drehte sich weg und zog die Decke an sich. Jack hörte sein leises Weinen trotzdem. Eine ganze Weile kämpfte er mit sich, und dann konnte er doch nicht anders, als zu ihm aufzurücken und den Arm um diesen Mann zu legen, der ihm gerade so echt und schutzlos vorkam, dass alles andere egal wurde. Selbst die zweifelnde, dunkle Stimme in seinem Kopf verstummte unter den leisen Schluchzern, die von vorne zu ihm drangen, und dem Klopfen seines eigenen verwirrten Herzens.

KAPITEL 14

ALS ER AM Morgen in dem Versteck erwachte, kam es Tavi vor, als hätte er die Wand zu einer Traumwelt durchbrochen. Er war noch hier, im Maskenclub, immer noch bei Leo, war sogar in seinen Armen eingeschlafen, müde vom Weinen und all den Gefühlen, die ihn einfach so überwältigt hatten.

Er hatte seit vielen Jahren nicht mehr vor jemand anderem geweint, hatte es auch gestern nicht gewollt. Er fühlte sich schlecht deswegen ... er hatte doch eigentlich für Leo da sein wollen, während er unter den Nachwirkungen der Vergiftung litt. Stattdessen hatte er ihm aufgebürdet, mit seiner Traurigkeit und Verwirrung umzugehen.

Das war alles andere als sexy gewesen und wahrscheinlich würde Leo jetzt ungeachtet der Frage, ob der Club weiterhin Bestand hatte, nicht mehr seine Nähe suchen. Schließlich war der Maskenclub vor allem deswegen so angenehm, weil er unkomplizierte

Kontakte versprach. Spaß und Sex ohne die Probleme und den Ballast, den normale Begegnungen mitbringen konnten.

Das hatte er gründlich versaut.

Am Morgen verließen die den Club durch ein Fenster im Erdgeschoss und Leo sagte, er würde den Betreiber anrufen und darauf aufmerksam machen, damit sie es schließen konnten und keiner einbrach. Sie verabschiedeten sich flüchtig und dann fuhr er nach Hause, ohne zu wissen, wie es jetzt weiterging.

Als er zu Hause ankam, spürte er ganz deutlich, wie er seine Rüstung wieder anzog. Schon die Schritte vom Parkplatz zu seiner Wohnung reichten, um Schicht für Schicht zu erneuern, den „alten" Tavi wieder zu aktivieren. Den, der alles richtig machte und den die anderen sehen wollten, weil sie glaubten, ihn zu kennen.

Das Gefühl von Leos Umarmung verblasste immer mehr und er begann bereits, es zu vermissen. Er wollte das in seinem Leben. Jemanden, der ihn hielt. Bei dem er schwach sein konnte, ohne Angst haben zu müssen.

Schwer von all der Last, die er gerade fühlte, ließ er sich auf seinen Schreibtischstuhl sinken und betrachtete den Wochenkalender, der vor der Tastatur lag.

Anzug kaufen mit Eli, stand in der Zeile für 14 Uhr.

„Ach, Eli", murmelte er und stieß ein Seufzen aus. Er hatte noch sieben Stunden, um wieder zu einem Tavi zu werden, um den Eli sich keine Sorgen machen würde, wenn er ihm gegenübertrat – und der erste Schritt dahin, war eine ausgiebige Dusche.

„Ich bin echt froh, dass du im Gegensatz zu mir so ein Experte bist, Einkaufsberater Octavius", sagte Eli, der schräg hinter ihm stand, während Tavi ein Jackett nach dem anderen begutachtete und sie auf den Kleiderbügeln hin und her schob, auf der Suche nach einem, das er sich gut an seinem besten Freund vorstellen konnte.

Als er eins fand, zog er es heraus und hielt es prüfend vor Elis Körper. „Okay, das hier probieren wir an. Du kannst schon zur Kabine gehen, ich liefer gleich noch was nach."

Tavi konzentrierte sich auf seine Aufgabe: den perfekten Hochzeitsanzug für Eli finden. Er wollte, dass er an seinem großen Tag perfekt aussah und sich wohlfühlte. Sie wussten beide, dass er allein bei der Suche aufgeschmissen gewesen wäre.

Eli sah zwar gut aus, aber er hatte kein Gespür für Mode oder auch nur einen Blick dafür, wann ein Shirt zu groß oder zu klein war und wann eine Hose perfekt saß. Er hätte sich dem nächsten Verkäufer anvertraut und vermutlich genau das gekauft, was der ihm andrehte. Sich richtig in Szene zu setzen, hatte er nie gelernt und irgendwie war es wohl auch Teil seines Charmes, dass er lieber Hemdsärmel umkrempelte, anstatt die Kleidung passend zu kaufen.

Tavi wählte vor allem Jacketts in Schwarz aus und er hatte auch schon ein paar Westen gesehen, die er sich wunderbar an Eli vorstellen konnte. Auf dem Weg zur Kabine fischte er zwei von denen vom Ständer und nahm sie ebenfalls mit.

„Hier, probier die Weste direkt dazu an", sagte er und reichte ihm die Sachen am Vorhang vorbei in die Kabine. Elis aufgeregtes Strahlen steckte ihn an.

„Das macht es so real, weißt du. Wenn ich mich im Spiegel mit diesen Klamotten sehe. So richtig offiziell. Bis jetzt war es nur so eine Sache, die man plant."

„Du wirst wirklich heiraten", versicherte er ihm. „Und zur Sicherheit werde ich es bezeugen."

„Ich weiß." Eli lachte. „Na ja, zumindest wenn ich das hier richtig mache. Kann man so eine Weste falschherum anziehen?"

Tavi schüttelte den Kopf. „Soll ich dir helfen?"

„Würdest du? Ich hab sonst Angst, dass ich aus Versehen irgendwas zerreiße."

„Na sicher." Er betrat die Kabine und hob die Hand an den Mund, um sich das Lachen zu verkneifen, das aus seiner Kehle hüpfen wollte. Eli hatte es wirklich geschafft, die Weste falsch herum anzuziehen. Seine Arme steckten in den Löchern, aber das Hemd warf ganz seltsame Falten, und der Westenstoff wand sich wie ein zerknitterter Kragen um seinen Hals.

„Zuerst ziehst du das wieder aus", sagte Tavi und löste die Knöpfe, von denen er sich nicht mal sicher war, wie Eli sie in diesem Zustand überhaupt hatte schließen können. „Dann entschuldigst du dich bei der Weste."

„Ja ja, mach dich nur lustig."

Eli ahnte gar nicht, wie gut es tat, wieder ein bisschen lachen zu können. Mit einem breiten Grinsen half Tavi ihm, die Weste dieses Mal richtig herum überzustreifen, stellte sich dann vor ihn und beobachtete ihn beim Zuknöpfen.

Er sah reif aus, erwachsen, und wirklich schick mit dem weißen Hemd und der Weste. Tavi legte die Hände an den Kragen des Hemdes und zupfte ihn zurecht. Dieses Mal saß die Weste richtig und wie erwartet kleidete sie ihn sehr gut. Das edle Smaragdgrün des Stoffes schmeichelte seinen Augen.

Es war ein magischer Moment, in dem sie sich beide anlächelten, so nah und im Schutz der Umkleidekabine. Wenn er je eine gute Gelegenheit gehabt hatte, um Elis Lippen zu küssen, dann jetzt. Tavi betrachtete sie, musterte das Lächeln auf ihnen und entschied sich doch dagegen. Stattdessen zog er Eli in eine Umarmung, die sein Freund sofort erwiderte. Sanft klopfte er ihm auf den Rücken.

„Ich bin so froh, dass du an meiner Seite bist, Tavi. Du bist echt mein bester Freund."

Tavi nickte und drückte Eli nochmal an sich, bevor er ihn aus seinen Armen entließ. „Die Weste ist auch froh, dass ich hier bin", scherzte er und nahm das erste Jackett vom Bügel.

Während sie die verschiedenen Outfits durchprobierten, mit Falten und Knöpfen kämpften, Krawatten und Fliegen banden und über Elis Zukunft als Ehemann scherzten, merkte Tavi, wie sich etwas bewegte. Wie Eli und er sich bewegten. Nicht hier in den Räumlichkeiten des Herrenausstatters, sondern auf einer anderen Ebene.

Er ließ Eli gehen. Nur ein Stück. Fand in sich selbst den Mut, diesen Abstand zu akzeptieren. Sie waren beste Freunde. Und die Art, wie er sich vorher an ihm festgeklammert hatte, war doch vor allem von Angst motiviert gewesen. Es war keine Liebe, wenn man sich an den einzigen Mann klammerte, der in Reichweite und freundlich zu einem war. Das war Abhängigkeit. Eli war immer die sichere Entscheidung gewesen. Ein Mann, auf den er seine Wünsche projizieren konnte. Der einerseits so nah war, dass es sein Bedürfnis nach Zuneigung und Aufmerksamkeit stillte – wenn auch nur dürftig – und gleichzeitig so weit weg, dass keine wirkliche Gefahr bestand. Keine Gefahr einer echten Beziehung, einer, für die er sich öffnen und etwas riskieren musste.

Wenn er Eli wirklich geliebt hätte, dann hätte er in den letzten Jahren einen Moment gefunden, sie auszudrücken. Jetzt, als er dabei war, ihn in diesen neuen Abschnitt seines Lebens zu begleiten, sah er es. Und er beneidete ihn darum, dass er seinen Weg längst gefunden hatte. Dass er so mutig war, sich auf einen Menschen einzulassen. Mit allem, was dazugehörte.

„Ich glaube, wir haben es", sagte Eli und posierte mit den Händen am Jackettkragen vorm Spiegel, während er sich nach links und rechts drehte, um sich von allen Seiten zu begutachten.

„Du wirst alle umhauen." Tavi klopfte seinem Freund auf die Schulter und betrachtete ebenfalls dessen Spiegelbild. Sie hatten wirklich gute Arbeit geleistet. Die Hose saß wunderbar, war nicht zu lang und nicht zu kurz, die Farben harmonierten und brachten Eli zum Leuchten. Er erstrahlte in einem ganz anderen Selbstbewusstsein, wirkte weniger wie ein hibbeliger Teenager und mehr wie der Mann, der er eigentlich war.

„Ich freu mich drauf, wenn ich dich das nächste Mal in diesen Sachen sehen kann", sagte Tavi und meinte es vollkommen ernst. Die Schwermut saß noch in ihm, er wusste, dass sie da war, aber sie beiseitezuschieben war leichter als sonst.

„Ist gar nicht mehr so lange."

Als Eli das sagte, fiel ihm die Nachricht auf seinem Handy wieder ein. Die Drohung des Erpressers. Seit er von Leo zurückgekommen war, hatte er nicht mehr daran gedacht. Er war einfach nur froh gewesen, dass ihn niemand im Club entdeckt hatte.

Kurz überlegte er, sich Eli anzuvertrauen, ihm alles zu erzählen.

„Ist irgendwas?"

Oh Mann, er konnte Eli nicht ausgerechnet heute mit seiner Lebensgeschichte bombardieren. Auf nichts anderes würde das hinauslaufen. Wenn er ihm von der Erpressung erzählte, würde er von seiner Homosexualität erzählen müssen und von seiner Entscheidung, sich zu verstecken, einfach von allem. Das konnte er nicht. Nicht jetzt.

„Ach, mir ist nur gerade eingefallen, dass ich noch was Wichtiges erledigen muss."

Eli schaute ihn mitfühlend an, wahrscheinlich vermutete er ein Projekt von der Arbeit. „Dann bist du hiermit freigestellt."

Auf dem Heimweg starrte er immer wieder auf die Nachrichten des Unbekannten.

Ich kenne dein Geheimnis.

Geh zur Polizei und leg ein Geständnis über dein Verbrechen ab.

Ich gebe dir eine Woche Zeit.

Wenn du mich ignorierst, wirst du es bereuen.

Jetzt war der zweite Tag dieses Ultimatums um und er war nicht bei der Polizei gewesen. Nein, es kam gar nicht infrage, dass er sich einfach erpressen ließ. Auch wenn er wirklich Angst hatte, was nach Ablauf dieser Woche passieren könnte – er würde nicht sein Leben wegwerfen, weil irgendein Fremder es so wollte.

Ich werde nie mehr irgendwas bereuen, tippte Tavi in die Eingabezeile, aber die Nachricht ließ sich nicht abschicken. Er konnte dem Erpresser nicht antworten.

Wie wollte er ihn bestrafen, wenn er nicht tat, was er von ihm forderte? Das erste, was Tavi einfiel, war die Aufdeckung seines Doppellebens. Die zwei oder drei Besuche in Schwulendiskos und Dark Rooms, die er in den letzten Jahren unternommen hatte. Und seine Aktivitäten im Maskenclub. Vielleicht hatte er Fotos davon ... und wenn er sich auf diese Art in sein

Smartphone einschleichen konnte, dann hatte er sicher auch Zugriff auf seine Kontakte. Er könnte allen schreiben, dass er schwul war. Von seinem Vater bis zu seinem Chef.

Diese Wahrheit war eine Waffe. Und er hatte sie selbst angefertigt und schussbereit gemacht. Der andere brauchte sie nur in die Hand nehmen und abfeuern. Mit einem Schlag würden ihn alle anders ansehen und behandeln. Und einige hatten mehr als einen guten Grund, ihn dafür zu verurteilen.

Perkins zum Beispiel, der ihm angekündigt hatte, ihm auf der nächsten Weihnachtsfeier seine Enkelin vorzustellen – sicher nicht ohne Hintergedanken. Oder Bea, der er versichert hatte, dass seine Ablehnung nur damit zu begründen war, dass er sich auf die Arbeit konzentrieren wollte und im Moment keinen Kopf für Beziehungen und so etwas hatte.

Er könnte ihm zuvorkommen. Er könnte selbst eine Nachricht schreiben, einen Rundbrief, und den an alle senden, die ihm in den Sinn kamen. Es wäre eine Sache von Minuten und die Lüge wäre vom Tisch. Ein für alle Mal.

Tavi öffnete das E-Mail-Fenster während er an einer roten Ampel wartete.

Es tut mir leid, dass ich das so lange vor euch geheimgehalten habe. Ich hatte Angst vor negativen Reaktionen, schrieb er. Dann wusste er nicht weiter und tippte einfach: *Ich bin schwul.*

Wie absurd das war. Dass es sich anfühlte, als würde er ein schlimmes Verbrechen beichten. Diese drei Worte. Albern und trotzdem tonnenschwer. Er markierte die komplette Adressliste. Von der Familie bis zu seinem Steuerberater – alle. Wenn sie es alle wussten, war das Versteckspiel vorbei. Eine Vorstellung, die ihm unwirklich und weit weg vorkam.

In der Infoleiste am oberen Rand leuchtete immer noch die Erinnerung an das Klassentreffen, und vor ihm jetzt das grüne Ampellicht. Die Leute neben und hinter ihm gingen los, überquerten die Straße. Tavi stand nur da, das Mobiltelefon in der Hand und den Finger am Abzug.

KAPITEL 15

EY, BLEIB STEHEN!", *schallte es hinter ihm.
Tavi hielt sich an den Schulterriemen seines
Schulranzens fest und rannte, so schnell er
konnte. Die Schritte seiner Mitschüler donnerten hinter ihm her
wie eine Lawine, die viel schneller war als er und ihn gleich
unter sich begraben würde.*

*Einer packte ihn am Arm, um ihn aufzuhalten, ein anderer
griff nach seinen Haaren. Das machten sie neuerdings immer
öfter. Tavi schrie auf und kniff die Lider zusammen, damit
nicht gleich wieder Tränen kamen.*

*„Du hast nicht gemacht, was wir dir gesagt haben", erklärte
Linus.*

„Stimmt, du hast das falsche Lied gesungen."

*„Ich hab das richtige gesungen", erwiderte Tavi so bissig er
konnte, aber seine Stimme klang doch so klein und schwach wie
er sich fühlte.*

„Wir hatten Alle meine Entchen gesagt."

*„Dann hätte Frau May aber gedacht, ich veralbere sie und
ich hätte eine schlechte Note bekommen."*

151

„Darum ging's ja, Idiot. "

Linus und Marc hatten sich vor ihm aufgebaut, damit er nicht weitergehen konnte. Sie waren jeder einen halben Kopf größer als er. Christopher, der noch hinter ihm stand, war sogar noch größer. Tavi zitterte vor Angst und er fühlte, wie seine Knie immer weicher wurden, aber er versuchte, ihnen trotzdem standzuhalten. Irgendwann musste die auch nach Hause zu ihren Eltern.

„Freuste dich, dass sie gesagt hat, du hast eine Engelsstimme?", feixte Linus.

„Deine Löckchen werden auch immer länger", bemerkte Christopher und zog erneut an seinen Haaren. Tavi fuhr herum und schlug nach ihm, aber sein Peiniger lachte ihn nur aus und wehrte seine Hände ab. „Echt, du bist wie ein Mädchen. Wenn sie noch ein bisschen wachsen, kannst du dir Zöpfe flechten und rosa Schleifen reinmachen. "

„Ich finde, dann sollte Tavinia sich ab jetzt auch bei den Mädchen umziehen, wenn wir Sport haben. Was haltet ihr davon?"

„Tavinia", wiederholte Marc gackernd.

Tavi schüttelte den Kopf. Er wollte hier weg. Nach Hause. Den ganzen Weg rennen, wenn es sein musste. Es ärgerte ihn, dass er zu langsam war, um ihnen zu entkommen. Er hatte es satt, dass sie ihn jeden Tag mit neuen Sprüchen und „Aufgaben" belegten. Am Anfang hatte er versucht, sich mit ihnen anzufreunden, aber inzwischen wollte er nur noch weglaufen. Er wollte endlich mit der Schule fertig sein, damit er seine Ruhe hatte, ... oder sitzenbleiben, damit sie weiterzogen. Aber das hätten seine Eltern nicht akzeptiert.

„Ich heiße Octavius", sagte er und hoffte, dass sein ganzer Name sie beeindrucken würde. Wenn sein Vater ihn vor anderen Eltern so vorstellte, schien das immer zu funktionieren. Aber Erwachsene waren irgendwie anders.

Linus, Marc und Christopher lachten nur noch mehr.

„Ich muss jetzt nach Hause." Tavi wollte an den beiden vorbeigehen, aber sie ließen ihn nicht. Marc schubste ihn gegen die Hauswand und fegte ihm mit einem Tritt die Füße weg, sodass Tavi hinfiel und sich die Hände aufschrammte.

„Nächstes Mal machst du, was wir sagen, Schwächling." Die drei standen über ihm und wirkten meterhoch, während Tavi auf dem kalten Fußweg lag und ihn ein Büschel Unkraut im Nacken kitzelte.

Ein paar Mal traten sie nach ihm und lachten darüber, wie er versuchte, ihnen auszuweichen. Schließlich stellte einer den Fuß auf seine Brust.

„Noch ein Küsschen für dich", sagte Linus und spuckte ihm ins Gesicht. Er traf Tavis Wange und bevor er sich mit dem Arm vor weiteren Attacken schützen konnte, stand auch auf dem ein Fuß, der ihn runterdrückte.

Angeekelt verzog er das Gesicht. Schreien wollte er nicht, weil er Angst hatte, dass sie ihm ins Gesicht traten oder ihnen noch Schlimmeres einfiel. Ihm blieb nur, die Augen zusammenzukneifen und sich ganz fest zu wünschen, dass es endlich aufhörte. Dass sie für heute genug von ihm hatten.

Auf das Gebäude zuzugehen fühlte sich an, wie einen dunklen Keller hinabzusteigen. Draußen stand ein hübsch bemaltes Schild. Klassentreffen der 4A

153

der Kensington-Grundschule. Darunter die Jahres-
zahl.

Tavi hatte sich in teure Klamotten gehüllt, feine
Schuhe angezogen, die Haare perfekt gestylt und den
ganzen Morgen vorm Spiegel an seiner Maske gefeilt.
An der unsichtbaren Maske, die er seit zehn Jahren
jeden Tag trug. Heute brauchte er sie mehr denn je,
und jetzt gerade war Tavi unfassbar froh, dass er die
Mail mit seiner Beichte doch nicht abgeschickt hatte.
Schon die Nähe seiner ehemaligen Schulkameraden
reichte, um ihn fertigzumachen. Sein Blutdruck war
viel zu hoch, die Nervosität saß in jeder einzelnen
Faser seines Körpers und die Panik wartete hinter
einem dünnen Vorhang auf ihren Moment.

Tavi krallte die Finger um den Handschmeichler in
seiner Jackentasche und versuchte, Kraft aus dem
vertrauten Gefühl des Holzes zu ziehen. Kraft aus
seinem Plan: Ihnen heute zu zeigen, dass er nicht
mehr der schwache Tavi von damals war. Dass er
nicht nur stark, sondern auch erfolgreich geworden
war. Stärker und erfolgreicher als sie alle.

Ehrlich gesagt wäre er am liebsten umgekehrt, aber
er fürchtete, dass er wieder vor ihnen stehen würde,
sobald er sich umdrehte. Dass sie ihm den Weg
abschneiden und seine Feigheit erkennen würden.
Nein, heute musste er sich stellen. Und wenn alles so
lief, wie er es sich vorgestellt hatte, dann konnte er
endlich damit abschließen. Einen Strich unter seine
Vergangenheit machen.

Das Klassentreffen fand im großen Saal des Jugendheims statt. Normalerweise fanden hier Tanzabende für Senioren, Konzerte der Musikschule oder politische Diskussionen ihren Platz. Heute klebten überall Hinweise zu ihrem Klassentreffen an den Türen und in den Gängen.

Tavi folgte den Hinweisen, kam an Räumen vorbei, aus denen Musik schallte. Hier und da übte jemand ein Instrument und auch das erinnerte Tavi an seine Vergangenheit. An seine Klavierstunden.

Als er merkte, dass er sich beim Laufen immer kleiner machte, zwang er sich, durchzuatmen und wieder Haltung anzunehmen. Ausstrahlung war wichtig. Dass er kein Opfer mehr war, mussten sie aus fünf Kilometern Entfernung schon riechen. Dann würde alles gut werden.

Die Kids von seiner Grundschule hatten seine Verwandlung nie erlebt. Er war damals geflohen. Seine Eltern hatten ihn auf sein Drängen hin nach der vierten Klasse auf eine andere Schule geschickt als seine ganzen ehemaligen Klassenkameraden. Damit hatte der Spuk geendet und Tavi war in ein anderes Umfeld gekommen.

Natürlich hatte er die Angst dahin mitgenommen und sie war es auch, die ihn dazu getrieben hatte, neu anzufangen, einen neuen Tavi zu erschaffen. Den, der jetzt, über zehn Jahre später, hier stand. Den Tavi, der eloquent und schlagfertig war, der mit seinem Charisma spielen und Menschen für sich einnehmen konnte. Den Tavi, der Klavier spielte, sich mit Mode auskannte, vier Sprachen fließend beherrschte und unter dessen Kleidung sich ein ziemlich fitter Körper verbarg.

Er war kein Feigling mehr. Nicht mehr schwach. Das musste er ihnen heute nur zeigen.

Einige bekannte Gesichter aus den Parallelklassen begegneten ihm. Leute, die ihm damals nicht geholfen hatten. Tavi grüßte sie und folgte ihrem Strom in den Saal.

An einem Rand des Raumes war bereits ein Buffet aufgebaut. Auf der anderen Seite Standen jede Menge Korktafeln, an die Fotos gepinnt waren. Erinnerungen an früher.

Eine junge Frau drückte Tavi ein Sektglas in die Hand. Es war Jade, die Klassensprecherin aus der Vierten, er brauchte das Namensschild nicht, um sie zuzuordnen. Ihre glatten, blonden Haare glänzten wie Wasserfälle und sie lächelte ihn an. „Tavi? Wow, dich hätte ich fast nicht erkannt." Sie blieb stehen und unterbrach ihre Arbeit. Einige der anderen griffen einfach nach den Gläsern auf ihrem Tablett und bedienten sich selbst.

Jade stemmte einen Arm in die Hüfte. „Echt schön, dich zu sehen."

Als er sie anschaute, erkannte er das Mädchen von damals unter dem Make Up und den kantigeren Zügen.

Es waren nicht nur Christopher, Marc und Linus, die ihn umringten. Es waren fünf oder sechs der Jungs aus seiner Klasse – in seiner Panik erkannte Tavi keinen von ihnen.

So gut es ging wich er ihren Händen aus, aber sobald er die Wand im Rücken hatte, konnte er ihnen nichts mehr entgegensetzen. Halbherzig trat er nach ihnen, aber es war immer jemand da, der sein Bein festhielt. Sie zerrten ihm das Shirt über den Kopf, die Hose von den Beinen, zogen ihm mit Gewalt die Schuhe aus, dass seine Fersen schmerzten, stritten sich gackernd darum, wer sich um die ‚miefigen Socken‘ kümmern sollte.

Als die ersten nach seiner Boxershorts griffen, wand sich Tavi und bat sie, aufzuhören, aber das beeindruckte sie nicht. Sie zogen ihn ganz aus, warfen seine Klamotten auf die Bank und zerrten ihn auf die Beine.

Er wusste, wohin sie ihn bringen würden.

Mit aller Macht versuchte er, sie davon abzuhalten, hielt sich am Türrahmen fest, krallte die Zehen in den kalten Fliesenboden der Turnhallenumkleiden, schüttelte immer wieder den Kopf, inzwischen Tränen in den Augen. Er versuchte sogar, die Hand, die ihm am nächsten war, zu beißen, aber er schaffte es nicht und schließlich stießen sie ihn in die Mädchenumkleide und hielten die Tür zu.

Tavi taumelte rückwärts in den Raum, in dem es ganz anders roch als bei ihnen, landete in einem Gewirr aus spitzen Schreien und Rufen. Niemand fing ihn ab, er knallte mit dem blanken Hintern auf den Boden. Sein Steiß schmerzte wie die Hölle, aber statt ihn sich zu reiben, hielt Tavi sich die Hände vor den Schritt.

157

„Tut mir leid", jammerte er immer wieder und sah sich hilfesuchend um. Sein Herz hämmerte vor Panik und Aufregung. Sein Blick traf auf entsetzte und wütende Gesichter.

„Hör auf uns anzustarren!", rief jemand und Tavi hob nun doch einen Arm vors Gesicht. Er wollte doch überhaupt niemanden anstarren. War ihnen denn nicht klar, dass er nicht freiwillig hier war?

„Ihr Jungs seid so scheiße!"

„Tavinia ist kein Junge!", schallte es durch die Tür. Gelächter begleitete die dumpfen Worte.

Tavi rollte sich auf die Seite. Er wusste, dass es keinen Sinn hatte, einen Fluchtversuch zu unternehmen. Ein paar der Jungs standen noch hinter der Tür, sie würden ihn nicht rauslassen.

Er verbarg seine intimen Stellen vor den fremden Blicken, so gut er konnte und kniff die Augen zusammen. Am liebsten hätte er auch ihre Stimmen ausgesperrt. Nicht gehört, die das Gekreische der Mädchen zu einem Getuschel wurde, wie einige kicherten und lachten.

Es dauerte eine Ewigkeit, bis sie verstummten und die Sportlehrerin für Ordnung sorgte. Als sie ihn anwies, aufzustehen, wollte er vor Scham im Boden versinken. Es war ein Moment, den er nie wieder vergessen würde.

Eine kalte Gänsehaut zog sich über Tavis Nacken. Tapfer hielt er sein Lächeln aufrecht, ließ keinen Riss in der Fassade zu.

„Sag, was hast du so gemacht? Du bist in der Werbung, oder? Ich hab dich auf Facebook gesehen."

Er nickte. „Ich leite mein eigenes Team. Wer konzipieren vor allem Werbespots für Rundfunk und Internet."

„Cool", sagte sie. „Und privat so?"

Checkte sie ihn aus? Tavi nahm einen Schluck von seinem Sekt und stellte mit einem verstohlenen Blick fest, dass sie keinen Ring trug.

„Ich gehe im Moment vollkommen in meiner Arbeit auf", sagte er. „Was machst du denn so?" Er spielte den Ball zurück, bevor sie noch weiter in diese Richtung vordringen konnte. Auf keinen Fall würde er sich privat mit jemandem von damals treffen. Auch wenn es für sie sicherlich nicht so eine eindringliche Erinnerung war wie für ihn – keiner konnte vergessen haben, was damals passiert war, oder?

„Hey, ist das Tavi?" Ein dröhnendes Lachen drang gewaltsam an seine Ohren. Tavis Magen zog sich zusammen. „Hab dich gleich an deinen Engelslocken erkannt."

KAPITEL 16

FÜR EIN PAAR Sekunden fühlte er sich wie eine Wachsfigur: gelähmt, erstarrt und seine Haut nur eine taube Schicht, die seinen Körper einhüllte.

Die Hand auf seiner Schulter war tonnenschwer und hinter Tavis Stirn klopfte die Angst. Er schluckte so viel davon hinunter, wie er konnte, eher er sich umdrehte. Er würde ihnen sein Pokerface entgegenhalten. Seine Karriere. Die Stärke, die er inzwischen besaß.

Er hielt sich so aufrecht wie möglich, als er sich zu Linus umdrehte. Wie damals war der Kerl größer als er. Dunkle Bartstoppeln umrahmten ein breites Grinsen. Sein Blick glich dem einer Hyäne. Ihn anzusehen fühlte sich an, als würde er sich selbst mit einem Messer in die Haut schneiden, aber er hielt es aus. Gerade jetzt durfte er keine Schwäche zeigen. Musste so tun, als hätte er längst vergessen, wie sie sein Leben zur Hölle gemacht hatten.

„Wie geht's dir, altes Haus?" Endlich ließ er seine Schulter los.

„Hervorragend", erwiderte er und prostete Linus zu. „Und selbst?" Ehrlich gesagt gab es nichts, was ihm egaler war. Es war nicht mal so, dass er den Typen etwas Schlechtes wünschte – vielmehr wünschte er sich, dass sie einfach verschwanden. Nicht mehr existierten. Ob sie glücklich waren oder im Leben scheiterten, änderte nichts an dem, was er erlebt hatte.

„Läuft, würde ich sagen." Linus zog sein iPhone aus der Hosentasche, tippte ein paar Mal darauf herum, und hielt ihm dann ein Foto ins Gesicht. „Bin letztes Jahr Vater geworden."

Tavi starrte einen Moment lang auf das Bild.

„Schön", sagte er. „Gratuliere."

„Und du?"

Er zuckte mit den Schultern. „Ich arbeite an meiner Karriere."

„Ach ja?" Linus schnaufte und steckte das Telefon wieder ein. Wieso klang er, als ob er ihm das nicht glaubte? Wusste er etwas? Hinter seine Fassade wurde Tavi immer kleiner und unruhiger.

„Warum hast du die Locken so kurz", rief eine andere Stimme und keine Sekunde später fasste ihm jemand ins Haar. Tavi verzog unwirsch das Gesicht, griff nach der Hand, die ihn so unverhohlen antatschte und wandte sich zu dem Kerl um.

Es war Christopher. Die blonden Haare kurzgeschoren, die schmalen Lippen zu demselben dummen

Grinsen verzogen wie damals. Er schien kaum älter geworden zu sein, nur größer und massiger. „Und was ist das für ein schwules Armband?"

„Fass mich nicht an", gebot Tavi scharf und schaffte es, seine Hand von sich wegzuschieben.

„Ich musste nur gerade an die guten alten Zeiten denken, als ich dich gesehen hab."

Tavi spürte, wie sich sein Hass in seinen Augen konzentrierte. Dabei wollte er das niemanden sehen lassen. Vor allem nicht diese beiden. Sie sollten nicht wissen, dass es ihn immer noch quälte. Das sie immer noch in seinem Kopf waren, nach all den Jahren.

„Ja, die guten alten Zeiten", murmelte Tavi. „Komische Redensart, oder? Impliziert irgendwie, dass nach und nach alles nur schlechter wird."

„Ich kann mich nicht beklagen", sagte Christopher.

Wie die beiden Männer ihm gegenüberstanden, verstärkte Tavis Unruhe noch weiter. Sie wirkten wie eine Mauer, die ihn von der Umgebung abschirmten. Ganz bewusst warf Tavi einen Blick zur Seite, um sich klarzumachen, dass er hier immer noch auf dem Klassentreffen war, umgeben von vielen anderen Menschen. Erwachsen. Kein schwacher 11-Jähriger mehr.

„Der lässt es knallen, kann ich bezeugen." Da war der dritte im Bunde. Marc hatte sich von allen dreien am meisten verändert, war viel schlanker als damals und trug jetzt scheinbar Kontaktlinsen. Dennoch erkannte Tavi ihn problemlos an seinem frettchenhaften Gesicht. „Und zwar jede Nacht. Der räumt die Clubs leer."

„Dich sieht man da gar nicht", bemerkte Linus. „Gehst du nicht aus? Du wohnst doch noch in der Stadt?"

„Wie gesagt, keine Zeit für sowas. Ich leite ein Team und bin auf dem Weg an die Spitze der Firma."

„Soso", sagte Christopher. „Ein Karriere-Typ also."

„Bist du zu schüchtern für die Ladys? Uns kannst du's sagen."

„Ja, du kannst auch mitkommen. Wir helfen dir, was klarzumachen."

„Auf jeden Fall. Gute Idee. Du bekommst Tipps vom Meister."

Tavi wusste nicht, ob sie das ernst meinten, oder ihn verarschten. Und was noch schlimmer war: Er wusste nicht, was er schlimmer gefunden hätte. Die Vorstellung, mit diesen drei Figuren in einen Club zu gehen und sich von ihnen eine Frau aufzwingen zu lassen, ließ ihn schaudern.

„Bist du noch Jungfrau, oder was?", fragte Linus so laut, dass sich ein paar der anderen zu ihnen umdrehten. Dann lachte er schallend.

„Nein", erwiderte er so beherrscht und ruhig er konnte. Er war von sich selbst beeindruckt, wie gut die Maske hielt. Wie stark er sich anhörte, obwohl er sich innerlich schon wieder wie das Kind fühlte, das er damals gewesen war. „Danke, ich brauche eure Hilfe nicht. Und ich hab heute auch sowieso schon was anderes vor."

„Du kommst mit", legte Marc fest. Es war keine Frage mehr, sondern ein Befehl, in dem wie damals eine Drohung lag. Was würden sie heute mit ihm anstellen, wenn er sich weigerte, nach ihrer Pfeife zu tanzen? Tavi wollte sich nicht in den Bildern verlieren, die diese Frage unwillkürlich heraufbeschwor.

Zum Glück unterbrach in diesem Moment ein schriller Pfeifton ihr Gespräch. Jade klopfte gegen das Mikrofon. Sie stand vor der Bühne und lächelte in die Runde. „Test, Test", schallte es aus den Boxen. „Ah, wunderbar. Hallo an alle."

Die Schar aus ehemaligen Mitschülern drehte sich zu Jade um. Für ein paar Sekunden vereinte sie die Aufmerksamkeit des gesamten Raumes auf sich und Tavi ergriff die Gelegenheit.

Obwohl er sich geschworen hatte, ihnen heute die Stirn zu bieten, wandte er sich ab und schlich sich aus dem Saal. Sein Herz klopfte wie wild. Sobald er die schweren Türen des Saales hinter sich hatte, fing er an, zu rennen. Er flüchtete. Wie damals. Wie ein Schwächling.

*

Im Radio der Polizeistation lief Kylie Minogues Can't get you out of My Head, als er den Flur durchquerte. Er folgte dem Officer in dessen Büro, setzte sich auf einen kalten Stuhl und starrte die Fotos an, die der Mann ihm mit bedrückter Miene vorlegte.

Unfassbar viel Blut.

Ein einziger, riesiger Teich, der in dem weißen Duschraum so falsch und deplatziert wirkte. Mittendrin der blasse, nackte Körper seines Sohnes. Mit offen stehendem Mund. Der Anblick schnürte ihm Herz und Lungen zu.

Vor ein paar Wochen erst hatten sie seinen zwanzigsten Geburtstag gefeiert. Er war so voller Energie gewesen. Stand am Anfang von einfach allem, was das Leben ihm zu bieten hatte. Mitten im Studium, einer der besten seines Jahrgangs, ohne große Mühe. Klug und fröhlich und trotz seiner albernen Ader fähig zu großer Ernsthaftigkeit und Verantwortung. Stolz auf den zweiten Platz beim Karaoke-Wettbewerb in ihrer Lieblingsbar und mit Plänen für die Zukunft.

Viel zu jung.

„Soll ich Sie einen Moment allein lassen?"

Jackson schüttelte den Kopf. Die Frage kam ihm seltsam absurd vor. Er war allein. Vollkommen egal, ob der Officer den Raum verließ oder blieb.

Alles, was weiter passierte, war rein mechanisch. Der Mann stellte Fragen und Jack antwortete. Sie gingen Namen durch, Phils Kommilitonen und Professoren.

Irgendwann verließ der die Polizeistation, setzte einen Fuß vor den anderen und kam doch nirgendwo an. Es war, als trüge jemand die Welt an ihm vorbei. Den Alltag, der nur noch Fassade war. Er selbst saß mittendrin, und es hätte ihm nicht gleichgültiger sein können.

Nach der Taubheit durch den Schock kam die Traurigkeit. Aber nur für ein paar Tage. Seine Wut hatte viel mehr Kraft und fühlte sich viel besser an. Richtiger. Sie gab der Welt ein bisschen Farbe zurück, ein bisschen Sinn. Aber das verflog, als man ihm mitteilte, dass der Fall geschlossen wurde.

Es war ein Unfall gewesen. Phil sollte in der Dusche ausgerutscht sein, sich ungünstig den Kopf angestoßen haben. Das war alles. Es gab keinen Täter, keine Zeugen, keine Spuren. Es war einfach Pech. Die Tragik des Lebens.

Jacks Fäuste hämmerten Schlag für Schlag gegen das Leder des Boxsacks. Sein Körper pumpte den Sauerstoff durch seine Adern, trieb ihm Schweiß auf die Stirn, erzeugte Wärme und Erschöpfung – aber keine Genugtuung.

Tavis Worte von der Nacht im Club zuckten immer wieder durch seinen Kopf. Für ihn der Beweis für das, was er schon lange vermutete. Vielleicht war sein Sohn ihm zu nahe gekommen, hatte ihn geküsst oder war ihm auf eine andere Art zu nahe gekommen, sodass Tavi seinem Hass auf brutale Weise Ausdruck verliehen hatte.

Aber eigentlich war der Grund sogar egal. Tavi hatte es getan. Und er war davongekommen. Ein Feigling, der sich nie gestellt hatte. Der einfach sein Leben weiterlebte und dessen größtes Problem er sich selbst geschaffen hatte.

Er konnte nichts beweisen. Noch nicht. Aber bald.

Wenn sie sich das nächste Mal sahen, würde er seine Antwort bekommen. Er bekam sein Geständnis. Egal auf welchem Weg.

KAPITEL 17

ES GAB NUR einen Ort, an dem er jetzt sein wollte. Tavi saß im Wagen, die Maske schon auf. Er hatte Angst, auszusteigen. Nur der Wille, Leo zu sehen und sich in die Sicherheit seiner Umarmung zu flüchten, trieb ihn dazu, es doch zu tun.

Er wusste, dass es dumm und riskant war. Dass er sich um andere Dinge hätte kümmern sollen. Aber das konnte er heute nicht. Er brauchte jetzt, was er brauchte, und er würde es sich geben.

Sein Gesicht zitterte hinter der Maske, während die Männer am Einlass des Clubs ihn kontrollierten. Viel ausgiebiger als die anderen Male.

Erst als er die Galerie betrat, wurde es etwas besser. Als würde sein Körper endlich realisieren, dass er weit genug weg war von Linus, Christopher und Marc und dem, was sie für ihn bedeuteten.

Er atmete tief durch und kam wieder bei sich an. Und bei der Erkenntnis, dass sein Plan vollkommener

Schrott gewesen war. Er hatte niemandem etwas bewiesen. Nichts hinter sich gelassen. Das Einzige, was er erreicht hatte, war ein Aufreißen seiner Wunden und die Erkenntnis, dass Zeit überhaupt nichts änderte. Dass Menschen sich nicht änderten. Sobald sie ihm nahegekommen waren, war auch er wieder in seine Rolle von damals zurückgefallen.

All das Training, all die Stunden vorm Spiegel – es hatte nichts verändert. Er war immer noch der Tavi von damals. Ein Opfer für jeden, der seine Maskerade durchblickte – oder wie die drei Jungs zu gut wusste, was hinter ihr lag, um auf sie hereinzufallen.

Tavi rieb sich die Oberarme, während er den Blick schweifen ließ. War Leo heute überhaupt da? Hatte er die Vergiftung gut weggesteckt oder doch stärker damit zu kämpfen gehabt, als es den Anschein erweckt hatte?

Leo hatte ihn gefragt, ob er den Club nach diesem Ereignis noch besuchen würde. Aber er selbst hatte sich nicht dazu geäußert. Was wenn er nicht wiederkam?

Einmal mehr wurde ihm bewusst, dass dieser Mann außerhalb des Clubs für ihn nur ein Gedanke war. Eine Erinnerung. Wenn sie sich hier nicht mehr begegneten, war er weg. Er konnte ihn nicht anrufen, ihn nicht treffen, ihn nicht berühren.

Tavi ging los. Inspizierte die Räume des Clubs wie am ersten Abend. Vielleicht kam es ihm nur so vor, aber die Atmosphäre schien sich verändert zu haben.

Schon von einem kurzen Blick in den Raum mit dem Bad, in dem er Leo das erste Mal nahegekommen war, bekam er heiße Ohren. Da drin lief eine regelrechte Orgie. Mindestens sechs nackte Männerkörper – er hatte nicht lange genug hingesehen, um das Chaos aus Muskeln und rhythmischen Bewegungen richtig zu durchschauen, aber er wusste, *was* das ablief. Und, dass Leo nicht dabei war.

Mit klopfendem Herzen schloss er die Tür wieder. Es war ein angenehmeres Klopfen als heute Nachmittag. Eins, das nichts mit Angst zu tun hatte, nur mit Erwartung.

Auch im nächsten Raum vibrierte die Luft vor Erregung und Gier.

„Dabei zuzuschauen ist wie ein Aphrodisiakum", kommentierte ein Kerl, den er bis eben gar nicht bemerkt hatte. Er war hochgewachsen und trug eine Wolfsmaske. Die schwarzen Haare hatte er zu einem Zopf gebunden. Tavi kannte ihn vom Sehen. Er lehnte an der Wand zwischen zwei Türen und hatte die Arme verschränkt.

„Warum machst du nicht mit?", fragte Tavi mit einer Spur Misstrauen.

„Ich bin lieber ein Zuschauer", sagte der Wolf und grinste. „Hast du zufällig Pläne für heute Abend? Ich würde gerne sehen, wie es bei dir zur Sache geht." Ein warmes Kribbeln lief durch seinen Körper, als er den Blick des anderen auf sich fühlte. Tavi verstand diese Empfindung selbst nicht – sie widersprach allem, was ihm normalerweise so wichtig war. Die Vorstellung, dass ihn jemand beim Sex mit einem anderen Mann beobachtete war eigentlich der Horror schlechthin.

„Ich weiß noch nicht", antwortete Tavi.

Doch als sein Blick einen Atemzug später den von Leo traf, änderte sich das.

*

Als er auf Tavi zuging, hallten die Worte, die er sagen wollte in seinem Kopf. Sein Plan war klar wie ein Drehbuch. Die ganze Art und Weise, wie er sich ihm nähern und ihn Stück für Stück dazu verlocken würde, die Wahrheit preiszugeben.

Ihre Blicke verhakten sich einander, sobald sie sich trafen, konnten einander nicht mehr loslassen, bis sie direkt voreinander standen. In Tavis Augen stand eine Entschlossenheit, die Jackson noch nie bei ihm gesehen hatte. Der junge Mann schlang die Arme um seinen Nacken, küsste ihn flüchtig und brachte seinen Mund direkt an sein Ohr.

„Zählt es als Date, wenn ich dich bitte, mich zu ficken? Bitte, ich brauch das heute."

Jack vergaß die Worte, die im Drehbuch standen. Heißer Atem streifte seinen Hals und Tavis Körper schmiegte sich begierig nach Berührung an seinen. Diese Lüsternheit hatte er nicht erwartet, aber ... vielleicht half das seinem Plan sogar.

Er würde ihn fertigmachen. Ihn so an seine Grenzen bringen, dass es keiner großen Finesse mehr bedurfte, ihm ein Geständnis zu entlocken. Sie bekamen beide, was sie wollten – aber er gewann am Ende.

„Du weißt nicht, worauf du dich einlässt", raunte er und fasste Tavis Gesicht mit beiden Händen, schob ihn ein Stück von sich, damit er ihn ansehen konnte.

„Ich werde es rausfinden." Große Augen schauten ihn an. Jack sah, dass da mehr war als bloße Begierde, aber er fragte nicht danach. Keine Umwege mehr. Er wollte nur noch ans Ziel.

„Worauf warten wir dann noch, oder willst du es hier auf der Galerie machen?"

Tavi nahm seine Hand und zog ihn zur nächsten Tür. Das rote Schlafzimmer. Die Luft war schwer und dick. Hier hatte heute schon einiges stattgefunden, obwohl der Abend noch jung war.

Er schloss die Tür hinter ihnen ab und griff bereits nach Tavis Shirt, um es ihm über den Kopf zu ziehen, aber der hielt ihn überraschend vehement davon ab, trat einen Schritt zurück und zog es sich selbst aus.

„Sorry, ich mach das lieber selbst."

Tavi ließ die Hände an seinem eigenen Körper entlangwandern und zog sich Stück für Stück für ihn aus. Kein Zentimeter blieb bedeckt. Nur sein Gesicht.

Die Brust des jungen Mannes hob und senkte sich sichtbar. Seine Nippel standen hart ab, während sein Schwanz noch ein wenig scheu zu sein schien. Er war glattrasiert, unbeschädigt. Als hätte das Leben ihn noch nie mit seiner vollen Wucht getroffen.

Tavis Lippen waren hungrig, suchten immer wieder seine, während sie so voreinander standen und seine

Hände den nackten Körper erkundeten. Er fühlte sich gut an. Warm und fest und so empfindsam, dass es die reine Freude war.

Noch während sie sich küssen, schob Jack einen Finger mit in Tavis Mund, nur um ihn anschließend in seinem süßen, kleinen Loch zu versenken. Jack spürte die Gänsehaut unter seiner anderen Hand sprießen und auch, wie Tavis Schwanz, der sich längst hart gegen seinen Bauch drückte, dabei zuckte.

Tavi war verdammt eng. Er seufzte und stöhnte unter diesem Mini-Fick, als wäre er schon kurz vorm Ziel. Fast war Jack versucht, ihn nochmal zu fragen, ob er wirklich schon Erfahrung mit anderen Männern hatte, aber er ließ es sein. Er wollte es so ... und abgesehen davon, konnte es ihm nur helfen, wenn das hier doch emotionaler für Tavi war, als er zugeben wollte.

Er zog seinen Finger aus ihm heraus und schubste ihn aufs Bett. Tavi schob sich von allein weiter auf die Liegefläche, den Blick immer auf ihn gerichtet. Der Bereich unter seinem Schlüsselbein war sanft gerötet und wahrscheinlich war es auch sein Gesicht.

Zum ersten Mal versuchte Jack wirklich, es sich vorzustellen. Dieses Gesicht, das er vor vielen Jahren zum ersten Mal gesehen hatte. Das jetzt älter sein musste. Er hätte es unter hundert anderen erkannt — da war er sich sicher.

Er zog seine Hose aus und kletterte mit nacktem Unterkörper aufs Bett.

„Ich will deine Tattoos sehen", hauchte Tavi ihm entgegen. Jack zögerte. Die Stimme in seinem Kopf trieb ihn an, einfach weiterzumachen, aber er überging sie und zog sich doch ganz aus, warf das Hemd zur Seite.

Tavis Kuss schmeckte viel zu süß. Warme Schenkel schmiegten sich um ihn, während sie sich so innig hielten. Jack erschauderte unter dieser Masse an Vertrauen ... oder Naivität. Was hätte Tavi in dieser Lage tun wollen oder können, wenn er ihn einfach so genommen hätte, wie er vor ihm lag?

Bevor er sich selbst noch davon verführen ließ, griff Jack in das nächstgelegene Kondomversteck – eine kleine Ablage hinter dem Kopfteil des Bettes.

Er sah die Anspannung in dem Körper unter sich, den er betrachtete, während er sich das Kondom überstreifte. Tavi konnte nicht überdecken, wie verspannt er die Schultern an den Körper zog und wie verkrampft sein Lächeln wirkte. Wenn es nicht das erste Mal war, dann war es vielleicht das zweite oder dritte nach längerer Zeit.

Jack wollte aufhören, sich Gedanken darüber zu machen, aber er konnte es nicht. Vor ihm lag ein nackter, junger Mann, der ihm vollkommen vertraute. Entgegen jeder Vernunft.

Er hätte ihn trocken ficken sollen, damit es ordentlich wehtat. Das war das Mindeste, das er verdient hatte. Er ...

„Was hast du?", fragte Tavi leise und blickte zu ihm auf. „Gefalle ich dir nicht?"

So viel Verunsicherung. Jack schüttelte den Kopf. Es lag nicht an Tavis Körper. Er war wunderschön. Ein feuchter Traum. Sanft modellierte Muskeln, rosige kleine Nippel, ... selbst sein Schwanz war hübsch. Doch, er gefiel ihm. Sehr sogar. Aber das änderte nichts.

Jack griff nach dem Gleitmittel, das sich im selben Versteck befand wie die Kondome. Er schmierte eine gute Portion von dem glitschigen Zeug auf Tavis Eingang, glitt mit zwei Fingern in ihn und streifte dort den Rest ab.

Die schmalen Oberschenkel bebten, als er sich in Position brachte und die Eichel an das kleine Loch führte. Jack presste sich gegen ihn, überwand den harten Widerstand, den Tavis Körper leistete gewaltsam. Ein heiseres, schmerzvolles Geräusch presste sich aus dem jungen Mann heraus, während Jack sich tiefer in ihn schob. Tavi wand sich unter seiner Kraft, aber er bat ihn nicht, langsamer zu machen, anzuhalten, aufzuhören – nichts davon. Nein, er lächelte, obwohl auch auf dem Zug seiner Lippen stand, dass es ihm wehtat.

Jack verharrte tief in ihm. Es gab keinen Grund dazu. Er hätte ihn einfach nur ficken sollen. Er verstand sich nicht. Tavi hatte keine Sekunde Rücksicht verdient. Kein Mitgefühl. Keine einzige nette Geste.

Und trotzdem küsste er ihn auf die sanfteste Weise, zu der er imstande war, als Tavi die Arme um seinen Nacken schlang. Das war von vorne bis hinten falsch. Aber er konnte nicht anders.

„Entspann dich", hauchte er gegen Tavis Hals und biss sanft in die nackte Haut.

Der Mann unter ihm stöhnte, das Vibrieren seiner Stimme kitzelte Jacks Lippen. Er zog sich etwas aus ihm zurück, stieß wieder zu. Ein heißes Prickeln lief über seinen Rücken. Er liebte, wie sich das anfühlte, wenn ein anderer Körper sich seinem ergab. Wenn er ihn wie einen Teil von sich akzeptierte, anfing, ihn zu brauchen – so sehr, dass er es nicht ertrug, dass er sich ihm für den nächsten Stoß entzog.

„Oh Gott, ja ..."

Jack hatte nicht erwartet, dass Tavi so laut sein würde. Jede seiner Bewegungen entlockte ihm ein neues Geräusch. Es war kein monotones Stöhnen wie in einem Porno, sondern eine Folge von Lauten, die er selten bei jemandem gehört hatte. Die Art von Wimmern, Japsen und Seufzen, die die meisten unterdrückten, weil sie ihnen peinlich waren.

Tavi gab ihm alles davon. Auch einen kleinen, erschrockenen Schrei, als Jack sich sein linkes Bein auf die Schulter legte und ihn noch tiefer nahm.

Den Kleinen zu ficken war die pure Wonne. Sein Schwanz blieb die ganze Zeit hart, wippte unter den Stößen auf und ab. Tavis Hände beschäftigten sich lieber mit ihm als mit sich selbst, streichelten seinen Oberkörper, berührten seine Tattoos, wenn sie konnten.

Nichts lief hier nach Plan, das wurde Jack mehr als deutlich klar, als er Tavis Schwanz in die Hand nahm und ihn passend zu seinen Stößen pumpte. Es hätte nicht so gut sein sollen. Nicht auf diese Art.

Zu sehen, wie Tavi sich aufbäumte, wie er unter seinem Orgasmus erbebte, zu fühlen, wie sein Körper sich ihm noch weiter öffnete, wie seine Finger sich in ihn krallten und sein Stöhnen eine Stelle in ihm kitzelte, von der er nicht gewusst hatte, dass es sie gab ... das erfüllte ihn auf eine Weise, die nichts mit befriedigter Rache zu tun hatte. Das hier war Verrat. Und es tat ihm keine Sekunde lang leid. Jetzt noch nicht.

KAPITEL 18

TAVIS KÖRPER KRIBBELTE, als hätte er für keine seiner Gliedmaßen mehr genug Blut im Leib. Seine Kehle war rau und vom Stöhnen ganz wundgeatmet, und seinem Hintern ging es ähnlich, zumindest, sobald Leo sich aus ihm herauszog. Die Leere, die er zurückließ, war unerträglich.

Erschöpft sank er in die Matratze, und als Leo ihm ein Taschentuch in die Hand drückte, kam es ihm vor, als sei er zwischendurch kurz eingeschlafen. Er war vollkommen fertig. Genau das, was er gewollt hatte. Sein Kopf war so angenehm leer, als wären alle Gedanken vor der Intensität seiner Gefühle geflüchtet. Nur eine kleine Angst war noch da.

Dass Leo jetzt fertig mit ihm war.

Sie würden sicher nicht noch eine Nacht hier verbringen. Oder? Schon das erste Mal war gegen die Regeln gewesen und es kam ihm wie großes Glück vor, dass man sie nicht dabei erwischt hatte.

„Ich weiß nicht, ob ich nach heute Nacht noch so weitermachen kann", sagte er.

„Ohne Sex?"

Tavi gluckste. „Das auch, aber … ich merke immer mehr, wie mich dieses Versteckspiel auffrisst. Wenn ich mit dir zusammen bin und das für ein paar Stunden loslassen kann, bin ich viel näher bei mir. Und das fehlt mir, wenn ich wieder gehe." Er betrachtete seine Hand, mit der er den Saum der Bettdecke knetete. „Ich dachte erst, es geht dabei nur um mein Outing, aber es ist mehr als das. Weißt du, ich hab jahrelang an dieser Mauer gearbeitet, an der Maske, die ich im Alltag trage. Das ist meine Stärke. Mein Schutzschild. Mehr ich selbst zu sein, würde mich wieder schwach machen. So verletzlich, wie ich nie wieder sein wollte." Verunsichert suchte er Leos Blick. Langweilte er ihn schon? Nein. Ein wohliger Schauer durchdrang ihn, als er realisierte, dass Leo ganz bei ihm war und zuhörte.

Tavi gab sich einen Ruck. Dieser Mann war der erste und einzige, dem er sich je hatte so weit öffnen können. Warum sollte er sich noch zurückhalten?

So begann er ihm zu erzählen, was er heute erlebt hatte und was damals in seiner Schulzeit passiert war. Dinge, die ihn noch nackter machten. Er erzählte von seinem Nachhauseweg und den Drangsalierungen auf dem Schulhof, dem Wegschauen der Lehrer. Er erzählte alles … bis aus das in der Mädchenumkleide. Das war zu schmerzhaft. Er wollte nicht noch mehr zusammenbrechen.

Während er sprach, stand Leo auf und Tavi fürchtete einen Moment lang, dass er gehen würde, aber er kletterte zu ihm ins Bett, lehnte sich mit dem Rücken gegen das Kopfende und hörte zu. Er unterbrach ihn kein einziges Mal, stellte keine Fragen, wartete auch dann geduldig, wenn er eine Pause machte – als könne er irgendwie fühlen, wann alles gesagt war.

„Wo waren deine Eltern in dieser Zeit?"

Tavi lächelte schief. „Die waren mit ihrem eigenen Scheiß beschäftigt. Zu der Zeit stand die Trennung schon im Raum und es gab viel Streit um Geld und alles mögliche. Tja, und mein Vater war sowieso immer der Meinung, dass ich zu weich war, also hatte ich da eh nichts zu erwarten."

„Also warst du ganz allein damit."

Er nickte. „Ich hatte nicht mal Freunde. Erst nach dem Schulwechsel. Aber ... ab da war ich schon jemand anders. Ich hab alles verändert. Hab meine Mutter gebeten, meine Haare kürzer zu schneiden. Ich wollte alles über Charisma lernen. Ich habe Gesichtsausdrücke vor dem Spiegel geübt, geschaut, wie meine Haltung rüberkommt, wie ich mich bewege. Damit ich schon auf den ersten Blick stärker wirke, wie jemand, den man nicht einfach rumschubst. Den man entweder nicht rumschubsen will, weil man ihn mag oder bei dem man es sich nicht traut, weil er einfach stark und selbstbewusst rüberkommt."

„Du musstest dich selbst beschützen."

„Die meiste Zeit hat es funktioniert. Aber ich bin immer ein Schwächling geblieben. Ich habe nie gelernt, wirklich stark zu sein. Nur mich so aussehen zu lassen." Und das hatte viel gekostet. Wäre er damals mutiger gewesen und kein schreckhafter Feigling, dann würde Phil noch leben. Er ließ den Kopf sinken. „Ich muss … will das ändern."

„Ich habe dich keine Sekunde als schwach wahrgenommen", sagte Leo. „Jemand, der so genau weiß, was er will … und es sich entgegen jeder Angst holt, der ist stark."

Tavi sah den Mann neben sich an. Er war genauso nackt wie er selbst, und seine Maske verdeckte nicht mehr als Tavis eigene, und doch hatte er das Gefühl, dass er nur einen Bruchteil von dem sah, was es zu sehen gab. Leo hatte in der Zeit, die sie miteinander verbracht hatten, nur wenig von sich erzählt.

„Gibt es was, vor dem du Angst hast?", fragte er.

„Nein." Leo grinste und Tavi musste schmunzeln, weil dieser Mann sich gar keine Mühe gab, die Lüge zu tarnen. Irgendwie war er bei aller Coolness auch verdammt süß.

„Verstehe", erwiderte er. „Na ja, du stehst ja auch ganz oben in der Nahrungskette. Ich wette … du bist irgendein Firmenchef. Oder ein Politiker? Oh … oder ein Mafiaboss." Er lehnte sich gegen Leos Schulter und schaute zu ihm auf. „Und du hast Angst vor Motten."

„Motten?", fragte Leo mit einem kleinen Lachen.

„Ja, ich finde die echt eklig. Die fliegen so seltsam abgehackt irgendwie."

„Du bist wirklich einzigartig", murmelte Leo gegen seinen Hinterkopf.

„Wenn du mir nichts erzählst, muss ich mir weiter solche Geschichten ausdenken."

„Du hattest schon recht. Mir gehört ein Unternehmen."

„Wusste ich's doch." Er legte die Hände sanft an den starken Arm, der sich um seinen Körper schlang. Glücksgefühle durchströmten ihn. Das hier fühlte sich nach so viel mehr an ... mehr als er zu hoffen gewagt hatte. Vielleicht konnte er doch etwas davon mit nach draußen nehmen. „Ich finde auch noch heraus, wovor du Angst hast."

*

Mehr als sonst verfolgten ihn die Gedanken an Tavi, als er den Club schon längst wieder hinter sich gelassen hatte. Sein losgelöstes Lachen blieb in seinen Ohren wie die Melodie eines Liedes, das man ständig vor sich hin summte, ohne es zu bemerken.

Als er allein in seinem eigenen Bett lag, ohne Maske, da fühlten sich seine Arme leer an. Dabei war es absurd. Er hatte in all den Jahren nie das Bedürfnis danach gehabt. Er musste niemanden halten, um zufrieden zu sein, keinen Partner, keine Beziehung haben.

Wenn er einen anderen Körper brauchte, dann wusste er, wo er seine Befriedigung finden konnte und es war immer gut gewesen. Ein Vergnügen für ein paar Stunden, vielleicht für eine Nacht. Manche hatte er öfter getroffen, wenn man sich zufällig nach ein paar Wochen oder Monaten wieder über den Weg lief – aber er hatte nie an diese Männer gedacht. Nicht auf diese Weise.

An ihre Ärsche vielleicht oder an ihr Stöhnen, wenn er allein war und alle möglichen Fantasien sich in seinem Kopf sammelten ... aber er wusste von keinem einzigen dieser Männer, wie ihr Lachen klang und wie es sich in seiner Brust anfühlte. Er musste nicht schmunzeln, wenn er an die Gespräche mit ihnen dachte.

Am Morgen stand er mit der Gewissheit auf, dass es zu viel war. Dass Tavi es irgendwie geschafft hatte, ihn einzuwickeln. Mit diesem Charme, den er sich schon als Jugendlicher antrainiert hatte, um Anfeindungen zu entgehen. Und obwohl er das wusste, konnte er es nicht von sich abstreifen.

Er erhob sich aus dem Bett, erledigte seine Morgenroutine – schwarzer Kaffee zum Frühstück, eine kurze, kalte Dusche, ein Blick in die Zeitung – und überlegte, was er tun konnte.

Am besten war es wohl, die ganze Sache zu ihrem Ende zu führen. Tavi ins Gefängnis zu bringen. Gestern hatte er es nicht geschafft, ihm ein Geständnis zu entlocken. Er hatte sein Ziel irgendwo zwischen heißen Küssen und dem süßen Stöhnen unter sich aus den Augen verloren.

Vielleicht musste er es nicht einmal aus ihm herausmanipulieren. Vielleicht kam der Junge von selbst zu dem Entschluss, dass es das Richtige war. Er wirkte ja zumindest, als würde er über seine Vergangenheit nachdenken.

Mit einem trägen Maunzen sprang sein alter Kater auf die Heizung in der Küche. Sein graues Fell schimmerte silbern im Sonnenlicht und er warf ihm einen vorwurfsvollen Blick zu.

Eigentlich war er überhaupt kein Haustiermensch. Er hatte Mister Pickles aufgenommen, weil er Phils Kater gewesen war. Weil die Anwesenheit dieses Tieres eine lebendige Erinnerung an ihn war. Phil hatte den Kater geliebt, obwohl er ziemlich kratzbürstig war. Er war auch der einzige, der ihn auf den Arm hatte nehmen können, ohne Bekanntschaft mit den Krallen zu machen. Jack versuchte es gar nicht erst. Es war ein etwas merkwürdiges Arrangement und doch hätte er das Tier niemals weggegeben oder ins Tierheim gebracht.

Jack stand auf und füllte frisches Wasser in Mister Pickles Trinknapf.

Vielleicht war es an der Zeit, mal wieder sein Grab zu besuchen. Seit er sich so in diese Tavi-Sache verbissen hatte, stand der Rest seines Lebens irgendwie auf Standby.

Auch das Drehbuch, das ihm die Tochter eines alten Freundes zugeschickt hatte, damit er einen Blick darauf warf, hatte er noch nicht angefasst – der Umschlag lag immer noch verschlossen auf dem Wohnzimmertisch.

Noch drei Tage, sagte er sich. Dann verließ dieser Spuk sein Leben. Dann würde er frei sein. Den Teil seiner Trauer loswerden, der so schwer auf seinen Schultern lag. Und er würde die Verbindung zu Tavi kappen, die sich irgendwie zwischen ihnen entsponnen hatte, ohne dass er es wollte.

Drei Tage. Entweder Tavi stellte sich bis dahin, oder er würde wieder in den Club kommen und so fertig sein, dass er ihn brauchte. Er kannte Tavi inzwischen gut genug, um das zu wissen. Er würde kommen und er würde ihm sein Herz ausschütten, wie in einem Beichtstuhl. Würde seine Umarmung brauchen und sich darin sicher genug fühlen, um ihm sein letztes, verdammtes Geheimnis zu verraten.

KAPITEL 19

TAVI STIEG AUF einen Baumstumpf, atmete die frische Waldluft ein und entließ endlich das, was ihm so schwer auf der Seele lag. „Ich bin schwul."

Sein Publikum bestand nur aus einer einzigen Person. Terry schenkte ihm ein warmes Lächeln. „Dann hast du wohl doch zu viel Zeit mit mir verbracht."

Es war ein Seitenhieb auf seinen Vater, der ja stets versucht hatte, ihn von allen Menschen fernzuhalten, die er irgendwie für schlechten Umgang gehalten hatte, selbst wenn es die eigene Familie betraf.

„Eher zu wenig", sagte Tavi und sprang von seiner Miniaturbühne herunter. Es war gar nicht so schwer gewesen, diese Worte zu sagen. Aber hier waren auch nur ein paar Spechte und Insekten seine Zuhörer gewesen. Und Terry, der so ziemlich der letzte Mensch auf der Welt war, der ihn deswegen verurteilt hätte. „Ich hätte so gerne mehr Zeit mit dir verbracht."

Tavi schaute seinen Cousin an. Inzwischen war er 31, ein starker Kerl, der Selbstbewusstsein ausstrahlte. Bei ihm war es keine Fassade, sondern hart verdient. „Es ist heute nicht mehr so schlimm wie damals. Deine Arbeitskollegen werden dich nicht ausschließen. Wahrscheinlich werden sie dir applaudieren und dich beglückwünschen. Das schlimmste werden die Kuppelversuche, schätze ich." Terry grinste und Tavi versuchte, sich davon anstecken zu lassen. Er hatte nicht vergessen, was er damals gesehen hatte. Die Erinnerung an Terrys blaues, aufgequollenes Gesicht würde niemals ganz verblassen.

Sie schwiegen ein paar Schritte lang.

„Es gibt immer noch einige, die dich dafür verabscheuen werden. Du musst dich in acht nehmen, aber du darfst deswegen nicht in Angst leben. Das richtet auf lange Sicht genauso viel Schaden an, wie eine verlorene Prügelei."

Tavi schüttelte den Kopf. „Du hast mir nie erzählt, was genau passiert war."

Terry stieß ein Seufzen aus. „Ich hab einen neuen Typen kennengelernt gehabt. Ich stand auf ihn und er hat mich angemacht. An dem Tag war ich bei ihm und er wollte, dass ich ihm einen blase. Und als ich auf die Knie ging, hat es Fäuste und Tritte geregnet."

Terry fasste das so kurz und sachlich zusammen, dass es Tavi schwerfiel, ihn sich in dieser Situation vorzustellen. Ausgerechnet ihn, der immer so tough gewesen war. Irgendwie hatte er geglaubt, sie hätten ihm wie in einem Film in einer dunklen Gasse aufgelauert. Aber die Hinterhältigkeit, die hinter dieser Aktion steckte, war noch um ein Vielfaches härter.

„Abgesehen davon, dass mein gesamtes Gesicht ziemlich lange zu gar nichts mehr zu gebrauchen war, hat mir das auch die Lust auf Blowjobs für einige Jahre gehörig vermiest." Dass er das mit einem Grinsen vortragen konnte, weckte in Tavi den Drang, ihn zu umarmen.

„Das Problem mit solchen Entscheidungen ist, dass man sie nicht mehr rückgängig machen kann", murmelte Tavi.

„Tja, das ist der Deal. So funktioniert das Leben."

„Voll gefährlich." Er wendete den Handschmeichler noch ein paar Mal, ehe er sich dazu durchrang, das Thema anzusprechen, wegen dem er Terry eigentlich kontaktiert hatte. „Apropos ... ich bekomme seit einer Weile anonyme Nachrichten auf mein Handy. Hattest du so was schon mal? Ich kann nicht antworten, es steht keine Nummer dran."

Sein Cousin runzelte die Stirn. „Kann ich sehen?"

Tavi öffnete den Messenger und gab ihm das Smartphone.

„Ich kenne dein Geheimnis", las Terry leise vor sich hin. Seine Schritte wurden immer langsamer, bis er schließlich stehenblieb. „Ne. Aber das hat was von nem Thriller. Meinst du, derjenige weiß, dass du ein Doppelleben führst?"

„Ich muss davon ausgehen."

Erkenntnis veränderte Terrys Gesicht. „Deswegen willst du dich outen. Du willst demjenigen zuvorkommen."

„Das ist der Plan. Wobei ich aber auch immer mehr das Gefühl habe, dass es mein Leben auf lange Sicht einfacher machen würde, wenn ich mit offenen Karten spiele. Ich fühl mich manchmal echt erdrückt von dem Geheimnis. Weißt du, es sollte keins sein. Das ist ein Teil von mir und ich will das sein können, ohne mir ständig den Kopf darüber zerbrechen zu müssen."

Terry nickte. „Dann ist es wirklich an der Zeit. Und dann schaffst du es auch." Er gab ihm das Telefon zurück. „Und der hier wird sich in den Arsch beißen, weil er dich nicht damit ärgern konnte."

Tavi lächelte angestrengt. Terry wusste nicht, dass es noch ein Geheimnis gab.

„Irgendwelche Tipps, wie ich es angehen soll?"

„Puh, das kommt ganz auf dich an, Tavi. Die meisten fangen bei den engsten Vertrauen an und arbeiten sich dann weiter vor ... aber du kannst auch einfach deine Maske ablegen und es gar nicht groß thematisieren. Wenn sie dann kommen und fragen, sagst du ihnen, was Sache ist. Eigentlich sollte es ja kein großes Ding sein. Für niemanden. Weißt du, die kommen ja auch nicht zu uns und teilen uns feierlich mit, dass sie hetero sind."

Tavi nickte. „Schon. Nur ... ich glaube, es gibt jemanden, mit dem ich auf jeden Fall allein darüber reden muss. Es wäre irgendwie falsch, wenn er es so nebenbei irgendwie aufschnappt. Zumindest fühlt es sich so an."

Terry legte ihm eine Hand auf die Schulter. „Mach das, was dein Herz dir sagt. Das ist immer der beste Weg. Sogar dann, wenn es erst mal nicht so aussieht. Manche Sachen brauchen Zeit."

Zeit. Davon hatte er nicht mehr so viel, wenn es nach dem Erpresser ging. Er musste morgen mit Eli reden, auch wenn der ganz sicher andere Sachen im Kopf hatte. Die Präsentation, an der sie gearbeitet hatten, war übermorgen fällig und die Hochzeit kam mit großen Schritten näher.

„Willst du den eigentlich zurück", fragte Tavi nach einer Weile und präsentierte Terry den Hand-schmeichler.

„Den hast du noch?" Er lachte so laut, dass ein paar Vögel aus den umliegenden Bäumen flohen.

„Ich hab ihn ja damals mehr oder weniger geklaut."

„Du hättest gerne noch mehr Krempel *klauen* können, du weißt ja, wie ich aufräumen geliebt habe."

Tavi wendete den Schmeichler ein paar Mal in der Hand. Er hatte ihn damals bei Terry gesehen und ausprobiert und dann irgendwie eingesteckt. Seitdem hatte er ihm gute Dienste geleistet. „Ich hab ihn immer benutzt, um meine Finger zu beschäftigen, wenn ich am Grübeln war. Hat sie sicher auch ganz gut trainiert. Fürs Klavierspiel."

„Ich konnte gar nichts damit anfangen. Bis eben habe ich mich nicht mal dran erinnert, dass ich so einen mal hatte. Ist doch cool, wenn er dir was gebracht hat. Dann behalte ihn auch. Vielleicht hilft er dir bei dem, was du dir vorgenommen hast."

Nachdem er sich von Terry verabschiedete hatte, ging Tavi nicht direkt nach Hause. Ein anderer Ort zog ihn an. Er hatte es nicht geplant, aber irgendwie schien es das Richtige zu sein. Er war lange nicht mehr hier gewesen.

Halbhohe, weiße Mauern umgaben den Friedhof seines Stadtviertels. Tavi lief mit gesenktem Kopf an dem kleinen Brunnen vorbei, an dem eine alte Frau gerade ihre Gießkanne füllte.

Er mochte diesen Friedhof. Es war der Schönste der ganzen Stadt. Aber das änderte trotzdem nichts daran, dass es falsch war, dass hier sein ehemals bester Freund Philipp begraben lag. Viel zu jung. Einfach fort.

Tavi zwang sich, dem kleinen Pfad zu folgen, der in den hinteren Teil des Friedhofs führte. Dorthin, wo Familien größere Flächen für ihre Gemeinschaftsgräber mieteten. Dort lag Philipp zwischen seinen Großeltern und Urgroßeltern.

Er las den Namen auf der Tafel und die Zahlen, die überhaupt nicht passten. Phil gerade erst Anfang zwanzig gewesen. Kein Alter, um zu sterben. Schon gar nicht für jemanden, der so voller Leben war und im Gegensatz zu ihm auch den Mut hatte, all seinen Facetten entgegenzutreten.

„Du bist gar nicht so cool, wie du immer wirkst." Von jedem anderen hätte er diese Worte als Bedrohung empfunden, aber bei Philipp war alles anders. Wirklich alles.

Sie saßen auf dem Boden von Philipps Zimmer, die Bettkante als Lehne im Rücken. Sein eigenes Zimmer lag auf der Südseite des Gebäudes und war bei diesen Temperaturen absolut unbrauchbar zum Lernen. Philipps Mitbewohner Jeremy war zurzeit im Krankenhaus, weswegen sie ungestört hier Lernen konnten.

„Also findest du mich jetzt uncool, oder wie?" Die Frage war nicht ernst gemeint. Er stellte sie mit einem kleinen Grinsen, wandte aber den Blick nicht von seinen Aufzeichnungen. Das wiederum lag nicht an seiner Lernbesessenheit, sondern daran, dass Phils Nähe ihn wirklich irgendwie verunsicherte.

Wenn er so dicht bei ihm saß und sie dazu noch allein waren, durchfuhr ihn jedes Mal ein Kribbeln, wenn er ihn nur anschaute. Deswegen tat er es nicht mehr so oft wie am Anfang, verbot sich selbst, in das kantige Gesicht zu schauen, oder die schönen Formen seiner Oberarme oder seines Rückens zu betrachten. Darin steckte Gefahr. Von Gefahren hielt man sich fern. Normalerweise.

„Nein, ich finde dich echt süß, wenn du so bist."

„Alter!" Tavi lachte und schüttelte den Kopf, dabei wusste er genau, dass Philipp keinen Scherz machte. Er meinte das, was er sagte. Philipp stand auf ihn.

„Wenn man jemanden vor sich hat, der so stark und unantastbar wirkt, dann fühlt man sich besonders, wenn man der Einzige ist, der diesen Jemand aus der Fassung bringt."

„Du bringst mich nicht aus der Fassung", murmelte Tavi halbherzig.

„Du hast den Hefter bestimmt dreißig Sekunden lang falsch herum gehalten und es nicht gemerkt."

„Das ist die Hitze, die mir aufs Hirn schlägt."

„Ist okay." Philipps Stimme lächelte und Tavi schaute nun doch aus dem Augenwinkel zu ihm. Sofort schlug sein Herz wieder lauter. Wie ein Philipp-Sensor, der anschlug, sobald er in seine Richtung schaute.

Sie wussten alle drei, dass da etwas zwischen ihnen war: Er, sein lautes Herz und Philipp. Das ging schon eine ganze Weile so. Am Anfang hatte er ständig Philipps Nähe gesucht, weil er das Gefühl mochte, das er ihm gab. Auf einer Wellenlänge zu sein, sich zu verstehen, sich vertrauen zu können.

Er war kein Idiot. Er ahnte, was in ihm vorging. Er war verknallt – zum ersten Mal in seinem Leben. Ausgerechnet in einen Kerl. Das passte absolut nicht in seinen Plan. Aber Philipp war auch kein Punkt, den man aus einer To-Do-Liste streichen konnte. Keine schlechte Verhaltensweise, kein Tick, den er sich abgewöhnen konnte. Die Strategien, die er normalerweise anwendete, um sein Leben auf Linie zu bringen, funktionierten nicht, wenn es um Philipp ging. Er landete immer wieder bei ihm. Unausweichlich.

Eine Weile lernten sie leise nebeneinander her. Obwohl die Fenster geschlossen waren, drangen die Geräusche aus dem Park vor dem Wohnheim zu ihnen hinauf. Gedämpftes Lachen von Leuten, die einfach den schönen Tag genossen und wahrscheinlich gerade alles bereit zum Grillen machten.

Hier drinnen war es einigermaßen kühl und dunkel. Die Vorhänge sollten die Hitze aussperren und das funktionierte

194

ganz gut. In seinem eigenen Zimmer zerschmolz er binnen Minuten.

Eine wahnsinnige Unordnung beherrschte den kleinen Raum, der aus kaum mehr als dem Doppelstockbett, einem Schreibtisch und einem Kleiderschrank bestand. Überall lagen Bücher, Blöcke und Stifte verteilt. Als wäre ein Schreibwarenladen in diesem winzigen Zimmer explodiert. Tatsächlich war dieser Fleck am Fußboden der einzig freie hier. Abgesehen von Philipps Bett, das hinter ihnen stand.

Sobald Tavi den Kopf ein Stück drehte, konnte er die Bettwäsche riechen. Eine Mischung aus der Fruchtnote des Waschmittels, das sie hier im Wohnheim benutzten, und Philipps ganz eigenem Duft nach guter Laune und Kirschtee. Zumindest fand er, dass Philipp nach Kirschtee roch … was seltsam war, weil er ihn noch nie welchen hatte trinken sehen.

Und als er den Kopf zur anderen Seite drehte – zu der gefährlichen – da passierte noch etwas anderes Seltsames. Er wollte Philipp küssen, obwohl er noch nie jemanden geküsst hatte.

KAPITEL 20

TAVI STAPFTE MIT schweren Füßen und noch schwererem Herzen nach Hause. Die Freude über seinen frisch gefassten Mut verblasste in dem grauen Meer aus Trauer und Schuldgefühlen. Wenn er damals schon mutig genug gewesen wäre ... Er schüttelte den Kopf. Nein, das war falsch formuliert. Es war kein Mut, was ihn zu diesem Schritt trieb. Es war das Abwägen zwischen zwei Übeln. Er hatte sich entschieden, sich zu outen, damit es jemand anders nicht mehr tun konnte. Dass er sich mit dem Gedanken an so ein Leben immer mehr anfreundete, hatte ebenfalls nichts mit Mut zu tun. Er war immer noch schwach. Immer noch feige.

In den letzten Jahren hatte er so viel Zeit und Energie darin investiert, Charisma aufzubauen, seine Ausstrahlung und seine Muskeln zu trainieren ... wieso hatte er nicht stattdessen gelernt, wie man mutig wurde? Ging das überhaupt? Konnte man Mut lernen, wenn man feige war? Und wurde ein

Schwächling irgendwann stark? Wirklich innerlich stark?

Tavi wusste es nicht. Er ertappte sich dabei, einen Abstecher in den Buchladen zu machen, und im Regal der Selbsthilfebücher zu stöbern. Am Ende kaufte er keines und trottete bedrückt nach Hause, nicht einmal mehr sicher, was er morgen tun sollte.

Wäre es nicht mutiger gewesen, seine Geschichte zu erzählen? Dem Erpresser zu geben, was er wollte? Die Konsequenzen anzunehmen, die das nach sich ziehen würde? Steckte die wahre Feigheit darin, dass er sein anderes Geheimnis opferte, um dieses zu beschützen?

Er hatte keinen blassen Schimmer mehr und der Mann, der ihm aus dem Badezimmerspiegel entgegenblickte, schien auch nicht recht zu wissen, was er von ihm halten sollte.

„Wer bist du?", fragte er ihn und bekam doch keine Antwort.

Trauzeuge Octavius. Teamleiter Octavius. Padawan Octavius. Elis Stimme betete ihm alle Bezeichnungen vor, die er ihm jemals gegeben hatte. Ein gequältes Lächeln bildete sich auf Tavis Gesicht. Egal ob das mutig oder feige war – er schuldete Eli die Wahrheit über diesen Octavius, den er zu kennen glaubte. Ihm mehr als allen anderen.

Am nächsten Tag stand er mit einem klaren Ziel vor Augen auf: Eli die Wahrheit zu sagen. Dass er schwul war, und dass er eine ganze Weile in ihn verknallt gewesen war. Dass er ein paar Dinge aus diesem Antrieb heraus getan hatte. Eigennützig, nicht aus purer Freundschaft. Der Feigling in ihm rebellierte schon bei der Vorstellung. Aber Tavi war fest entschlossen, es trotzdem zu tun. Denn letztendlich ging die Geschichte ja noch weiter. Wenn Eli ihm die Chance gab, konnte er sich vielleicht doch noch zu dem Menschen entwickeln, den er in ihm gesehen hatte.

Sobald er den Computer hochgefahren und seine Mails überprüft hatte, machte Tavi sich auf den Weg zu Eli. Er entdeckte ihn mit Perkins vor der Tür zu dessen Büro. Vertieft in ein wichtiges Gespräch. Bestimmt ging es um die Präsentation.

Er fing Elis Blick auf, sobald die beiden auseinandergingen, und beeilte sich, zu ihm zu kommen.

„Morgen du, ich würd gerne kurz mit dir reden. Unter vier Augen."

„Hat es was mit der Präsi zu tun?"

Tavi schüttelte den Kopf. „Es ist was Privates."

„Du, sorry, im Moment ist jede Gehirnzelle mit diesem Projekt beschäftigt, können wir das besprechen, wenn ich das hinter mir hab?"

„Ja, sicher ..." Er hatte ja geahnt, dass es schwierig werden würde, einen ruhigen Moment mit Eli zu bekommen. Das Projekt und die Hochzeit ... er hatte genug andere Sachen auf dem Plan. Woran er selbst ja auch nicht unschuldig war. „Wir reden dann später."

Aus dem Später wurde ein Morgen. Es war unmöglich, Eli allein anzutreffen oder dazu zu überreden, mal kurz in einen Raum zu gehen, wo sie unter vier Augen sprechen konnten. Entweder er arbeitete oder er hing am Telefon und sprach mit Lola.

Auch, als er ihn auf dem Flur abpasste, bekam er keine Chance. „Du ich muss wirklich zurück zum Schreibtisch. Tut mir leid. Es geht doch nicht um Leben und Tod, oder?"

Tavi war geneigt, ‚doch' zu sagen, aber er lächelte nur verständnisvoll und schüttelte den Kopf. Es *war* wichtig. Aber es war sein Problem, nicht Elis.

„Sag einfach Bescheid, wenn du einen Moment Zeit hast, okay?"

Aber der Moment kam nicht. Weder an diesem noch am nächsten Tag.

Es hätte nicht einmal etwas gebracht, wenn der Fahrstuhl nochmal hängen geblieben wäre, weil sie selbst in der Kabine nie allein waren.

„Ich hab gebeten, die Tage immer eine Stunde eher gehen zu dürfen, damit ich mich um die restlichen Vorbereitungen kümmern kann – aber ich muss ja trotzdem mein Zeug schaffen", erklärte Eli ihm und schielte an dem Stapel Ordner vorbei, den er in den Armen hielt.

Er selbst hatte ja auch nicht den ganzen Tag Zeit, ihm hinterherzulaufen. Mehrmals überlegte er, Eli einfach eine Nachricht zu schreiben, aber das war so unpersönlich und feige. Und außerdem konnte er seine Reaktion dann nicht sehen.

Je weiter der Arbeitstag voranschritt, umso seltener sah er Eli. Einmal lief er auf dem Flur vor ihm her und Tavi überlegte, den Handschmeichler als Wurfwaffe einzusetzen. Wenn Eli stoppte und sich zu ihm umdrehte, könnte er über den Flur rufen. „Ich wollte dir sagen, dass ich auf Männer stehe. Und eventuell war ich eine Weile verknallt in dich, aber mach dir keine Gedanken, es ist alles gut." Natürlich tat er das nicht.

Am letzten Tag des Ultimatums folgte er Eli in dessen Feierabend zum Ausgang. Er selbst musste eigentlich noch bleiben, aber er hätte den Ärger in Kauf genommen, wenn er dafür endlich diese Sache hinter sich bringen konnte.

Sein Herz klopfte aufgeregt, als er im Foyer zu Eli aufschloss, der mit straffen Schritten Richtung Ausgang unterwegs war. An der Drehtür holte er ihn ein und schlüpfte mit nach draußen.

„Hey", stieß er atemlos hervor. Er war ganz schön gerannt.

„Hey, alles gut? Schickt Perkins dich? Fehlt doch noch was? Oh Shit." Eli sah richtig fertig aus und wollte direkt wieder ins Gebäude stürmen. Tavi hielt ihn an der Schulter fest.

„Nein, alles gut. Ich bin nicht Perkins' Bote, ich ... wegen dieser Sache."

„Hast du die Ringe verloren?" Plötzlich stand Lola vor ihm und packte ihn an beiden Schultern.

„Was?", fragte Tavi verwirrt. „Nein, natürlich nicht. Die liegen sicher verwahrt in meinem Tresor und warten auf ihren Einsatz."

Er konnte sehen, wie sehr die junge Frau unter Strom stand. Die Hochzeit schien beide ganz schön zu stressen. Sicher nicht zuletzt, weil Lolas Eltern durch ihre politischen Tätigkeiten im Rampenlicht standen.

„Gut", stieß sie mit einem Seufzen aus. „Entschuldige, dass ich an dir gezweifelt habe. Ich bin nur total fertig fertig mit den Nerven." Sie rang sich ein Lächeln ab und Tavi fiel auf, dass sie ein hübsches, hellblaues Kleid trug und sehr offiziell zurechtgemacht aussah. Offenbar wollten die beiden irgendwo hin. „Können wir los?", fragte sie auch gleich an Eli gewandt.

„Wenn nichts mehr ist?", fragte Eli nun ihn und Tavi wollte wirklich etwas sagen. Sagen, dass es ihm wichtig war, und dass er das schon viel zu lange mit sich herumtrug. Es war ein seltsamer Moment und für Tavi fühlte es sich so an, als würde er jedes einzelne Wort über seine Augen sagen, und als müsse Eli es automatisch verstehen. Aber dann lächelte sein Freund nur und tätschelte ihm im Vorbeigehen kurz die Schulter. „Wir seh'n uns ja morgen. Und wenn es wegen deiner Rede ist: Du machst das schon, ich hab' da totales Vertrauen in dich. Mach ruhig ein paar Scherze, ich kann das ab, okay?"

Fuck. Er hatte noch gar keine Rede geschrieben. Und das einen Abend vor der Hochzeit. Na immerhin würde ihn das ein bisschen von den unwohlen Gedanken an den Erpresser ablenken, denn das hier gerade war seine letzte Chance gewesen, Eli vor Ablauf des Ultimatums die Wahrheit zu sagen. Mit immer blasser werdendem Gesicht stand er da und sah den beiden nach, wie sie gemeinsam die Straße entlang liefen und schließlich in ein Taxi stiegen.

KAPITEL 21

TAVI STECKTE IN seinem besten Anzug, trug dieselbe selbstbewusste Maske wie immer und wusste doch, dass er nicht so strahlte wie sein bester Freund, der nur anderthalb Meter entfernt vor dem Standesbeamten stand, versicherte, dass er die Frau neben sich heiraten wollte.

Es gab eine Art von Strahlen, das man sich nicht antrainieren oder sonst wie beibringen konnte. Ein Licht, das nur von innen kam, von aufrichtig und tief empfundenen Gefühlen und Gedanken, die man nicht kontrollieren konnte. Und genau das hatten Lola und Eli. Es war richtig, dass sie zusammen waren und richtig, dass sie es bleiben wollten.

Während er sie betrachtete, wurde Tavi klar, dass er spätestens jetzt umgekehrt wäre, und er war unendlich erleichtert, in seinem Herzen Freude und Bewunderung zu finden, keine Eifersucht, keine Pläne, das zu beschädigen.

Als er Eli die Ringe geben durfte und sein Freund ihn mit diesem Ausdruck aus Verzückung, Nervosität und Dankbarkeit anschaute, rührte ihn das so sehr, dass ihm ein paar Tränen in die Augenwinkel stiegen. Mary, Lolas Trauzeugin, schenkte ihm ein Lächeln, das ähnlich aussehen musste, wie seines. Die Trauung war wirklich schön. Der Standesbeamte fand die perfekten Worte, umriss Elis und Lolas Geschichte und erklärte die Ehe so, dass alle Anwesenden schmunzelten und seufzten und einige Paare im Publikum sich zunickten.

Tavi war der Erste, der den beiden gratulierte. Danach zog er sich an den Rand des Raumes zurück, um nicht in das Gedränge hineingezogen zu werden, das nun entstand.

Er atmete durch, während er das rege Treiben beobachtete, und wendete den Handschmeichler in der Tasche seines Jacketts. Hinter ihm lag eine lange Nacht, aber tatsächlich lag das nicht an der Rede, die er noch hatte schreiben müssen – die war ihm überraschend leicht von der Hand gegangen. Ein paar Passagen hatte er wieder gestrichen, weil sie ihm zu gefühlsduselig und werbemäßig vorkamen, aber am Ende war er sehr zufrieden mit dem Ergebnis gewesen.

Im Bett hatte er wieder an den Erpresser gedacht. An die Folgen seines Ungehorsams. Er war nicht zur Polizei gegangen, wie verlangt. In seinem Kopf hatten sich alle möglichen Filme abgespielt. Von einer Bombendrohung auf Elis Hochzeit bis zur Entführung seiner Oma.

Am realistischsten war wohl, dass gar nichts passieren würde. Dass alles nur heiße Luft war. Und mit jeder Minute, die verging, war Tavi sich sicherer, dass es so sein würde.

An seinem Plan wollte er trotzdem festhalten. Er wollte es Eli sagen. Und allen anderen. Zum richtigen Zeitpunkt, nicht zwischen Tür und Angel. Das Leben ohne dieses Geheimnis, ohne dauernde Maske würde neu und anstrengend werden, aber er freute sich auch auf die Freiheiten, die es ihm bot. Irgendwann konnte er vielleicht auch mit jemandem hier stehen und um die Wette strahlen. Das wäre doch was.

Sie feierten in einer Halle im alten Stadthaus, die auf den ersten Blick wie ein alter Thronsaal wirkte. Lange Teppiche, edle Wandbehänge und vor allem die Lichter verliehen dem Raum einen sehr feierlichen Charakter.

Die langen gedeckten Tafeln waren mit blumiger Deko und kleinen Namensschildchen übersät. Tavi fand seinen Platz ganz in der Nähe des Brautpaares neben Elis Onkel und unterhielt sich während des Essens angeregt mit ihm und den beiden Gamer-Freunden, die Eli ebenfalls eingeladen hatte. Die Atmosphäre war fröhlich und gelöst, kein bisschen steif, wie Tavi es von vielen anderen Festen kannte.

Nach dem Hauptgang klickten überall die Löffel in den Dessertgläsern. Sobald sie verstummten, war es, als würde ein stummer Countdown laufen. Tavi wartete noch ein wenig, hörte seinem eigenen Herzklopfen zu und drehte den Schmeichler ein paar Mal in der Hand. Das vertraute Gefühl der glatten Holzoberfläche, die sich an seine Haut schmiegte, half ihm, sich auf die Rede einzustimmen. Er hatte einige Sachen aufgeschrieben, aber er würde das meiste frei sprechen. Es würde einfach sein, weil das hier kein Vortrag für die Arbeit war und kein Schulreferat, sondern das, was er für Eli und Lola im Herzen trug.

Als er sah, wie Lolas Eltern sich erhoben, lehnte er sich zurück. Natürlich würde er den Familien den Vortritt lassen. Liebevolle Worte flogen durch den Raum, das Publikum schmunzelte über eine Anekdote aus Lolas Kinderzeit und bei Elis Eltern war es dasselbe. Der große Saal fülle sich mit wohliger Wärme und auf den Gesichtern der Gäste zeichnete sich weiterhin freudige Erwartung ab.

Das war sein Moment. Tavi ließ noch einmal kurz den Blick schweifen, um sicherzugehen, dass er niemand anderem in die Parade fuhr und erhob sich von seinem Stuhl. Sofort richteten sich alle Augenpaare auf ihn. Sein charmantes Lächeln war inzwischen zu einem Reflex geworden. Aber das war ein Teil seiner Rüstung, der ihm nicht schadete und nichts kostete. Außerdem musste er sich heute wirklich keine Mühe geben, um zu lächeln.

Er wandte sich dem Brautpaar zu und hob zu seiner Rede an.

„Lieber Eli, liebe Lola, ich habe noch ganz genau den Moment im Kopf, als ihr euch zum ersten Mal begegnet seid. Ich habe die Musik nicht gehört, aber ich bin mir sicher, dass welche gespielt hat. Das war schicksalhaft. Ein Blick der zwei Leben verändert hat. Eine Begegnung, die uns heute alle hierher geführt hat." Es bereitete ihm schon lange keine Schwierigkeiten mehr, vor vielen Menschen zu sprechen. Seine Stimme war klar und fest und laut genug, auch ohne Mikrofon. Selbstbewusst stand er da, fühlte seine eigene Stärke in dieser Situation und wusste, dass doch nicht alles davon Fassade war. Irgendwo in ihm drin steckte das. Er war immer noch schwach. Aber er war auch stark. Manchmal zumindest.

Eli und Lola hielten Händchen und grinsten ihn an, während er weitersprach, mehr von diesem ersten Treffen erzählte, und wie er es wahrgenommen hatte. Wie Eli danach über Lola gesprochen hatte ... es war wirklich magisch gewesen.

Tavi verlor sich selbst in seiner Rede, und es dauerte eine Weile, bis er merkte, dass nicht alle so gebannt zuhörten, wie die beiden. Aus dem Augenwinkel sah er, wie einige auf ihre Smartphones schauten. Zuerst ließ er sich nicht beirren und machte einfach weiter, aber nach und nach wurden es mehr und ein leises Gemurmel breitete sich im Saal aus. Es kam näher und Tavi geriet ins Stocken, als er die ersten Wortfetzen davon verstand.

„... dass er sich hier hinstellt, und ..."

„... abartig ..."

„... das ist er auf jeden Fall ...“

Noch bevor sich seine Gedanken formieren konnten, wusste er, dass gerade etwas Schlimmes passierte. Etwas, das er nicht aufhalten konnte. Ein kalter Schauer lief über seinen Rücken. Nun richteten sich doch wieder mehr Blicke auf ihn, aber sie waren anders als vorher.

Tavi schluckte, Eli runzelte die Stirn und schaute fragend in die Runde, er schien auch nicht zu wissen, was los war. Lola stand auf und ging zu ihrer Mutter, die sie herbeiwinkte und ihr das Display ihres Mobiltelefons entgegenstreckte.

Dann brach die Erkenntnis durch die Wand aus Verwirrung und Angst: Das war der Erpresser. Er hatte den Leuten irgendetwas geschickt. Eine kompromittierende Nachricht oder ein Foto.

Du wirst es bereuen.

Mit bebenden Fingern griff er nach seinem eigenen Smartphone und löste die Tastensperre. Eine neue Nachricht. Ein anonymer Messengerkontakt hatte ihm ein Video mit dem Kommentar ‚Tavis wahre Wünsche für Eli‘ geschickt. Wie in Trance tippte er auf den Abspielknopf.

Es war eine Szene aus dem Maskenclub. Die Galerie. Er lehnte sich über diesen Typen, der wegen seiner Haare von hinten ausgesehen hatte wie Eli. Sie machten rum, er ging ihm unter die Klamotten. Die Maske verdeckte sein Gesicht, aber natürlich war er es ... Tavi zuckte, als ein gestöhntes „Eli“ aus dem

Lautsprecher kam. Zwei Sekunden später endete der Videofetzen.

Er konnte es nicht fassen. Er … natürlich erinnerte er sich daran. Aber war das wirklich so gewesen? So heftig? Scheiße. Alle hatten das gesehen. Sahen es gerade. Konnten es immer wieder abspielen.

Als er sich hektisch umschaute, sah er nur in wenigen Gesichtern Zweifel. Die meisten zeigten offen ihre Abscheu. Lolas Bruder kam auf ihn zu und warf auf dem Weg sogar einen Stuhl um. Tavi konnte nur Eli anstarren.

Scheiße, wie sollte er ihm das erklären? Wie sollte er ihm klarmachen, dass das hinter ihm lag? Es war zu viel auf einmal. Und es war der falscheste Moment von allen.

Eine Faust packte ihn am Kragen. Tavi schaltete endlich, riss sich los und rannte aus dem Saal. Der Boden brach unter seinen Schritten. Irgendwo in seinem Kopf sagte eine Stimme, dass er ruhig bleiben und die Sache erklären sollte, aber das war Bullshit. Er konnte hier nichts klarstellen – ihm würde keiner zuhören, keiner glauben. Das einzige, was hier half, war abhauen. Flüchten, so wie es Schwächlinge eben am besten konnten.

Den Rest des Tages saß Tavi in seinem Bett, die Beine an den Körper gezogen und das Handy vor sich. Er schaute den Clip immer und immer wieder, bis ihm schlecht davon wurde.

Er hatte den Flugmodus angeschaltet, damit niemand anrufen konnte. Er wusste, dass er zu diesem Zeitpunkt sicher schon einige Nachrichten hatte. Ins Internet auf seine Social Media Profile wollte er gar nicht er schauen.

Obwohl er sich in die Decke gehüllt hatte, war ihm kalt. Sein Körper glühte, aber innendrin herrschte Eiszeit. Dieses Video. Eli. Die ganzen anderen Leute auf der Hochzeit ...

Der Erpresser musste ihn sehr genau kennen. Er musste gewusst haben, dass heute die Feier war. Er musste seine Beziehung zu Eli kennen. Und er musste entweder Zugang zum Maskenclub oder zumindest deren Überwachungskameras haben. Dass er ein Hacker war, lag ja irgendwie nahe, immerhin hatte er es auch geschafft, ihm anonyme Nachrichten zu schicken, auf die man nicht reagieren konnte. Den Termin der Hochzeit hatte er bestimmt aus seinem Kalender, der im Handy abgespeichert war. Am Ende war das alles wahrscheinlich viel einfacher, als er glaubte. Aber es half, über diese Dinge nachzudenken, denn dann musste er sich nicht Elis Gesicht vorstellen oder die Gedanken, die ihn jetzt plagen mussten.

Scheiße.

Es war eine Sache, seinem besten Freund zu verheimlichen, dass man auf Kerle stand. Es war eine andere Sache, heimlich auf ihn zu stehen. Und es war verdammt nochmal eine *ganz* andere Sache, gezielt einen Typen aufzureißen, der ihm ähnlich sah und sich so seiner Fantasie hinzugeben, dass man ihn sogar mit dem passenden Namen ansprach.

Vielleicht war er wirklich abscheulich.

Vielleicht war der Weg, so wie er ihn sich vorgestellt hatte, zu einfach für jemanden wie ihn. Dass er einfach allen sagte, dass er schwul war und dann alles gut wurde. Vielleicht hatte er dafür doch zu viele Geheimnisse gehabt.

Ob der Erpresser die restlichen auch kannte? Wenn er ihn im Club beobachtet hatte, wusste er auch von Leo. Er *musste* wissen, dass er ihn mochte. Dass da mehr war. Bestimmt war er sein nächstes Ziel. Er würde irgendetwas unternehmen, das sie auseinandertrieb. Vielleicht war das längst passiert. Vielleicht bekam Leo jetzt auch anonyme Nachrichten. Welche, die ihm nahelegten, den Maskenclub nicht mehr zu besuchen. Dann würde er ihn nie wiedersehen. Dann bekam der Wichser alles, nahm ihm alles weg, machte alles kaputt. Seine Freundschaft, seinen Job, sein Ansehen und die Hoffnung darauf, dass sich aus Leo und ihm etwas entwickeln konnte, das über die Mauern des Clubs hinaus ging.

Tavi warf die Decke von sich und stand auf. Er musste los.

KAPITEL 22

ES WAR EINE lautlose Explosion. Jackson schaute auf die lange Liste der Kontakte und auf die vielen grünen Häkchen, die ihm bestätigten, dass die Leute das Video erhalten hatten. Auch bei Tavi selbst erschien es und Jack hätte alles dafür gegeben, jetzt vor Ort zu sein und zu sehen, was passierte.

Er saß auf einer Bank am Rande des Parks mit Blick auf das alte Theater. Ein lauer Sommerwind strich durch die umstehenden Bäume und Sträucher und bewegte die Blüten der Stiefmütterchen, die sich in ihren Beeten drängten.

Jackson hatte Tavis Bewegungen genau verfolgt. Nicht persönlich, nur technisch. Tavi war einer dieser Menschen, die ihr Mobiltelefon niemals irgendwo liegenließen. Er war in den letzten Tagen viel umhergewandert, in den Wald, auf den Friedhof, in verschiedene Geschäfte, aber nie auch nur in die Nähe einer Polizeistation.

Heute früh hatte Jackson extra noch Gregory angerufen, den Mitarbeiter, der sich damals mit Philipps Fall beschäftigt hatte, und nachgefragt, ob sich nochmal etwas getan hätte. Der Mann war irritiert gewesen und hatte ihm den mit mitleidiger Stimme geraten, mit einem Psychologen über seine Trauer zu sprechen.

Tavi hatte nicht gestanden. Er hatte seine Drohung eiskalt ignoriert. Vielleicht hätte er deutlicher werden müssen. Aber das war noch nicht das Ende. Er konnte die Wahrheit immer noch aus ihm herausholen. Tavi würde zu ihm kommen. Das sagte ihm sein Instinkt. Seine Chance kam.

Als er Montys grünen Mantel im Eingangsbereich des Theaters entdeckte, wurde ihm bewusst, wie lange er hier schon sitzen musste. Jackson blieb sitzen. Es war ihm egal, ob er ihn erspähte oder nicht.

Dass ein Teil seines Herzens an diesem Gebäude, und dem, was es bedeutete, hing, war kein Geheimnis. Er würde nicht aufhören, es zu besuchen, nur weil seine Arbeit hier nicht mehr gefragt war.

Aus der Ferne beobachtete er, wie Monty auf seinen Roller stieg und davon fuhr. Seine Gedanken schweiften zurück zu Tavi. Der war direkt nach dem Versand des Videos vom Veranstaltungsort geflohen und hockte seitdem zu Hause. Möglich, dass er auch den Rest des Tages dort bleiben würde.

Er hatte mit einer scharfen Waffe auf ihn gefeuert. Ihn bloßgestellt. Aber für die Munition hatte Tavi ganz allein gesorgt. Hätte er nicht mit diesem Typen rumgemacht, auf den er offensichtlich seine Fantasien mit seinem Kollegen projizierte, dann hätte er nur ein normales Sextape gehabt. Auch schlagkräftig, doch sicher nicht so brutal.

Jack schnaufte. Eigentlich war auch das noch zu sanft gewesen. Er würde nie den Anblick des blutigen Tatortes vergessen. Phils Blut auf den weißen Fliesen. Obwohl er es nur auf Fotos gesehen hatte, stand er in seiner Erinnerung und in den Träumen, die ihn plagten, direkt vor Phils leblosem Körper.

Das war brutal.

Wie jeden Abend, seit er Tavi hier über den Weg gelaufen war, trug er ein kleines Aufnahmegerät bei sich, als er durch die Räume des Clubs spazierte. Er wollte sich nicht auf die Mikrofone der Kameras verlassen. Wenn er den Mord an Phil gestand, sollte seine Stimme glasklar sein und keinen Zweifel an der Identität des Sprechers zulassen.

Eine Weile saß Jack im Theater, wo momentan leider nur Filme gezeigt wurden. Der Angriff auf die Besucher hatte die Gruppe verschreckt, die bald hier auftreten sollte.

Heute würde Tavi bestimmt nicht herkommen. Er musste sicher erst einmal verdauen, was passiert war, und mit sich und der Welt wieder klarkommen.

Kannst du mich in den Arm nehmen?

Tavis Stimme war in seinem Kopf und obwohl seine Augen den Film sahen, liefen in ihm drin andere Bilder. Er sah den jungen Mann mit den hübschen, schwarzen Locken auf dem Bett liegen, weinend und zerstört, die blauen Augen schon ganz rot.

Nur entfernt nahm er wahr, dass sich jemand neben ihn setzte. Jack spürte den warmen Hauch einer Stimme an seinem Ohr, hörte verführerische Worte, die doch nicht bis in sein Hirn vordrangen. Dann eine Hand auf seinem Oberschenkel, die sich massierend an ihm entlang arbeitete.

Als er schließlich den Kopf wandte, saß da ein fremder Typ mit einer Drachenmaske. Jugendlich, vielleicht Anfang zwanzig.

„Kann ich mich auf deinen Schoß setzen?"

Obwohl der Mann ihm gefiel, regte sich Ablehnung in ihm. Es war fast wie in der Kunstgalerie. Das Bild war genau sein Fall ... aber er spürte nicht den Wunsch danach, es zu besitzen. Daran änderte auch die kecke Hand zwischen seinen Beinen nichts.

„Ich bin nicht in der Stimmung", sagte er daher.

Der Drache schnalzte mit der Zunge. „Schade." Er stand auf und zog weiter, während Jackson zurückblieb und dem Gefühl in sich nachspürte, das er einfach nicht verstand.

Es war wie ein leerer Rahmen an einer Wand, ein fehlender Takt in einer Ouvertüre oder eine abgerissene Seite im Drehbuch. Eine Leerstelle, die er nicht übersehen aber genauso wenig füllen konnte. Er konnte sie nur anstarren, und diese ... Unvollständigkeit fühlen.

Vielleicht war es ein Überbleibsel seiner Trauer, das erst verschwand, wenn er die Speicherkarte auf dem kleinen Gerät in seiner Hosentasche mit Tavis Geständnis füllte.

*

Schon als er die Tür des Wohnhauses hinter sich schloss, fühlte er sich anders. Wie ein Verfolgter schaute er sich draußen auf der Straße um, nur um festzustellen, dass sich niemand für ihn interessierte. Für die Leute auf den Gehwegen und in den vorbeifahrenden Autos war er nur irgendjemand – nicht der Typ, der sich beim Sex mit anderen seinen besten Freund vorstellte. Früher war ihm der Gedanke, nur ein Staubkörnchen im Getriebe des Lebens zu sein, irgendwie deprimierend vorgekommen, aber jetzt gerade war es genau diese Gewissheit, die ihn freier atmen ließ. Es lag vieles in Scherben, aber sein Leben war noch nicht vorbei.

Jetzt war er unterwegs, um so viel wie möglich davon zu retten.

Tavi stieg in den Wagen und fuhr los. Nervös schaltete er von einem Radiosender zum nächsten, aber jeder Song, der gerade irgendwo lief, erinnerte ihn entweder an Eli, an irgendjemanden aus dem Büro oder an seine Schulzeit.

Schließlich blieb er bei einem Klassiksender hängen, der ein bisschen rauschte. Seine Mundwinkel zuckten, als er ein paar Klänge aus Rachmaninows cis-Moll-Prélude op. 3 Nr. 2 erkannte. Vielleicht ein

Zeichen des Schicksals? Irgendwie tröstete ihn der Gedanke.

Dieser Abend, als er mit Leo Klavier gespielt hatte, war schön gewesen. Fast ein bisschen romantisch, auch wenn es im Laufe der Nacht eher härter zur Sache gegangen war. Der Gedanke an den Sex mit Leo prickelte immer noch, aber es war nicht das, was er zu verlieren fürchtete, wenn er ihn heute nicht im Club fand.

Leo war zuerst eine Verlockung gewesen, aber dann auch immer mehr eine Stütze, ein Vertrauter. Jemand, bei dem er sich hatte fallen lassen können – zum ersten Mal in seinem Leben.

Das zu verlieren ... das würde noch einmal ganz anders wehtun als die Bloßstellung vor Eli und der Hochzeitsgesellschaft. Vielleicht lag das daran, dass er hoffte, dass Eli ihm verzeihen würde. Dass er ihn möglicherweise ein bisschen verstehen würde, wenn er es ihm erklärte.

Den Job ... vielleicht verlor er den. Aber er hatte ja sowieso überlegt, aus der Stadt wegzuziehen. Es wäre ein Rückschlag, aber nicht der Weltuntergang.

Nur Leo. Tavi seufzte tief. Der Gedanke, dass er nicht nochmal jemanden finden würde, bei dem er sich so fühlte, wie bei ihm, kam ihm auf den zweiten Blick naiv vor. Wahrscheinlich glaubte das jeder, der verknallt war. Dass es absolut einzigartig war und niemand je zuvor so gefühlt hatte. Aber diese Sachlichkeit half ihm nicht. Sie gab ihm keine Sicherheit und keinen Trost.

Er wollte Leo. Er wollte ... den echten Mann dahinter. Ihn weiter kennenlernen. Ihm nah sein. Seine Umarmung spüren. Und sich am liebsten auch diesen Tag von ihm aus dem Kopf ficken lassen.

Wenn das noch ging.

Tavi lenkte den Wagen in eine Seitenstraße, nahm die Maske mit und stieg aus. Er lief eine ganze Weile bis zum Club und setzte sich das Engelsgesicht an einer dunklen Stelle zwischen ein paar Bäumen auf.

Angst prickelte in seinen Adern, als er auf den Club zu lief. Was erwartete ihn drinnen? Würde man ihn überhaupt hereinlassen? Welche Karten hatte der Erpresser noch in petto?

Tavi schluckte. Wusste er vielleicht, dass er sich an dem Abend, als Leo vergiftet worden war, im Club übernachtet hatte? Das könnte ihm Ärger einbringen, vielleicht ein Hausverbot. Und Leo auch.

Seine Schritte wurden immer kleiner, als er sich dem Eingang näherte. Versuchen musste er es trotzdem. Er drückte eine Seite der großen Pforte auf und trat ein.

Wie auch bei den letzten Malen kontrollierten zwei Mitarbeiter seine Kleidung und seinen Körper. Dann ließen sie ihn durch. Tavi bezahlte bar und durfte weitergehen. Kein Hausverbot. Erleichterung wollte sich trotzdem nicht einstellen. Er musste Leo sehen.

Tavi öffnete viele Türen, scannte den Raum nach Leo ab und schloss sie wieder. Einige Gäste warfen ihm genervte bis irritierte Blicke zu, aber das war ihm egal.

Die Unruhe wuchs mit jedem Zimmer, in dem er nur fremde Masken fand. Was, wenn der Erpresser nur Leo aus dem Club verbannt hatte? Wenn er ihm etwas getan hatte? Er würde es nie erfahren, und er sah sich jetzt schon jede Nacht herkommen und die gleiche Suche veranstalten wie jetzt.

Keine Panik, sagte er sich. *Du hast noch nicht mal die Hälfte der Räume durchsucht.*

Wenn er Leo nicht mehr fand, war er wirklich allein. Ein Gedanke, der wie ein Fels in seinem Magen lag.

Irgendwie war der das doch vorher schon gewesen, oder nicht? Bevor der Club eröffnet worden war, hatte er nur Eli gehabt. Und dem hatte er auch nur den offiziellen Tavi gezeigt. Seine Geheimnisse hatten gar nicht zugelassen, dass Eli jemals wirklich an seiner Seite stehen konnte. Dass irgendjemand es konnte.

Im Keller hatte er Leo noch nie angetroffen; trotzdem suchte er jetzt auch dort, öffnete alle Türen, die nicht verschlossen waren. Was hier unten abging, unterschied sich von den Flirts und Fummeleien oben, aber Tavi hatte keine Zeit, es sich genauer anzusehen. Er ging wieder nach oben und stieg in die erste Etage empor.

Mit jedem Zimmer, das er öffnete und schloss, mit jedem Türknauf, den er losließ, verlor er ein Stück Hoffnung, Leo noch zu finden. Auf der letzten Schwelle blieb er stehen und legte die Hand an den Türrahmen, aus Angst, die Realität könnte ihm entgleiten.

Leo war nicht hier. Nirgends. Es konnte einfach Pech sein. Vielleicht hatte er heute keine Zeit. Eine Feier oder viel Arbeit ... möglicherweise war er krank oder im Urlaub oder sonst irgendwas.

Was sollte er jetzt machen? Neu anfangen und sich einfach jemanden suchen? Der Gedanke reizte ihn kein bisschen. Dann nach Hause fahren?

Tavi ließ den letzten Raum hinter sich und kehrte zu einer der vorherigen Türen zurück. Zu der, die in das barocke Zimmer führte. Irgendwie war es sein Lieblingsort hier. Sich hier mit Leo zu verstecken, war schön gewesen – auch wenn das in Anbetracht der Umstände irgendwie falsch klang.

Er ging hinüber zu dem Vorhang, der den geheimen Weg verdeckte, schlüpfte durch die Lücke zwischen dem schweren Bücherregal und dem Fenster und setzte sich auf das Bett, in dem sie eine ganze Nacht zusammen verbracht hatten.

Aus einer spontanen Eingebung heraus schlug er die Decke um und hob nacheinander die Kissen an. Dann sanken seine Schultern. Wie albern, hier noch irgendwo eine versteckte Nachricht von Leo zu erwarten. Nein, es gab keinen Brief, keine Telefonnummer, nicht mal einen Namen. Tavi spürte eine Welle aus Traurigkeit in sich aufsteigen und hielt sie nicht zurück. Er sank mit dem Rücken aufs Bett, schob sich die Maske vom Gesicht und fühlte die warmen Spuren der Tränen, die über seine Wangen perlten und leise aufs Laken fielen.

Kapitel 23

Die Tracking-App sagte ihm, dass Tavi im Club war. Aber wo genau? Er schaute jetzt schon zum zweiten Mal im Musizierzimmer nach, doch die Lage hatte sich nicht verändert: Das Paar, das an den Flügel gelehnt fickte, war immer noch dabei.

Sicher suchte Tavi ihn auch. Waren sie sich versehentlich gegenseitig ausgewichen? Es wäre wohl am besten, wenn er sich irgendwo niederließ und darauf wartete, dass Tavi ihn fand. Hier wollte er das allerdings nicht tun, auch wenn die beiden Männer da drüben nichts gegen Zuschauer zu haben schienen. Tavi würde keinen Mord gestehen, wenn Fremde zuhörten.

Jack schloss die Tür hinter sich und stieg hinauf in die erste Etage. Die Schlafzimmer oben konnte man abschließen und mit einem dieser Räume verband sie eine gemeinsame Erinnerung. Es war der perfekte Ort für ihr allerletztes Treffen.

Mit einem zufriedenen Lächeln stellte er fest, dass der Raum leer war. Wie jeden Abend stand nichts mehr an seinem ursprünglichen Platz. Der Sessel und sein Hocker waren verrückt, ein Kissen auf den Teppich geworfen und einige Vasen und Figuren auf der Kommode beiseitegeschoben – sicherlich, um einem nackten Hintern Platz zu machen. Der Abdruck auf dem Spiegel stammte wahrscheinlich von dem dazugehörigen Rücken.

Jack hob das Kissen auf und stellte mit ein paar Handgriffen die Ordnung wieder her. Den Rest würden die Reinigungskräfte morgen Vormittag erledigen.

Gerade, als er sich auf den Sessel sinken lassen wollte, hörte er etwas. Ein leises, zerbrechliches Geräusch. Kaum lauter als ein feuchter Wimpernschlag.

Bis zum Vorhang brauchte Jack nur zwei große Schritte. Er schob den schweren, italienischen Samt beiseite. Ein junger Mann lag quer über dem Bett, die Beine noch auf dem Boden abgestellt. Die Engelsmaske strahlte weiß aus dem roten Meer der zerknüllten Bettdecke heraus. Tavi drehte den Kopf und schaute ihn unverhüllt an. In den hellen Augen glitzerten Tränen, seine Haut war feucht und der Ausdruck auf seinem Gesicht Freude und Angst zugleich.

„Hey, ich bin's", sagte er.

Jack zögerte. Änderte Tavis Demaskierung etwas an seinem Plan? Sie machte es höchstens schwieriger. Würde er ihm einen Mord gestehen, wenn er sich nicht mehr hinter dem Engelsgesicht verstecken konnte? Wenn seine Identität so offen vor ihm lag?

„Ich hätte dich ohne die Maske fast nicht erkannt."
Jack ließ sich neben ihm nieder und betrachtete ihn.
Seine Züge hatten die Reste der Kindlichkeit von
damals verloren, die Weichheit von sich abgeschliffen
und sanfte, aber klare Kanten zurückgelassen. Er sah
immer noch wahnsinnig gut aus. Seine Augen leuchteten selbst hinter dem geröteten Schleier der Traurigkeit. Sein Lächeln war noch schöner, wenn man das
ganze Bild sehen konnte. Aber es wirkte auch zerbro-
chen.

„Ich hatte solche Angst, dass ich dich nicht mehr
wiedersehe. Dieser ... dieser Tag war ein Desaster."

„Was ist denn passiert?"

Jack streckte die Hand nach Tavis Wange aus und
strich darüber. Ohne die Barriere der Maske zwischen
ihnen war es noch seltsamer als sonst. Noch verwir-
render. Als ob er jetzt noch mal einem anderen Tavi
begegnete. Dieses Gesicht ... dieses Gesicht war das
letzte gewesen, das Phil vor seinem Tod gesehen hatte.

Jack musste für einen Moment die Augen schließen, um die aufkeimenden Gefühle zurückzuhalten.

„Jemand hat mich vor einer ganzen Hochzeitsgesellschaft geoutet. Mit einem Sexvideo. Hier aus dem
Club. Das wollte ich dir sagen. Also, dass es hier nicht
sicher ist."

Jack zögerte, weil er noch dabei war, sich zu sam-
meln. „Das klingt heftig. Was für ein Video? Von uns
beiden?"

Tavi schüttelte den Kopf. „Wie ich mit dem Blonden rumgemacht habe."

„Und das hat jemand auf der Hochzeit herumgezeigt?"

„Er hat es auf ihre Handys geschickt und so hat es sich verbreitet. Sie haben es alle gesehen. Das war der peinlichste Moment meines Lebens. Und ... da konkurriert er schon mit ein paar deftigen Sachen."

Jack zwang sich, Tavi weiter anzusehen. „Wie geht es dir jetzt?"

„Ich hab keine Ahnung. Eben kamen mir die Tränen und jetzt habe ich Angst, aber ich bin auch glücklich, dich zu sehen. Von allem ein bisschen."

„Warum hast du die Maske abgenommen?"

„Es hat sich wie eine Befreiung angefühlt." Tavi rückte näher zu ihm heran. „Ich komme mir ein bisschen nackt vor." Die Haut unter seinen Fingern wurde wärmer und Tavi legte einer Hand auf seine.

„Nackt ist gut", erwiderte er und sah tief in die blauen Augen, die aus der Nähe so groß und schön waren, auch wenn sie einem Mörder gehörten. „Ich will alles von dir sehen. Alles, was dich ausmacht. Alles, was sonst keiner kennt."

„Bist du sicher?"

Ihm kam eine Idee. „Lass uns noch eine Nacht hier verbringen. Eine, in der ich bei klarem Verstand bin und mich nicht übergeben muss. Wir erzählen uns alles, was wir uns nur hier erzählen können. Und morgen früh gehen wir gemeinsam und lassen die Masken hier zurück."

Tavis Augen weiteten sich ein Stück und Jack wusste, dass er das Richtige gesagt hatte. Der Kleine wünschte sich genau das. Er erhoffte sich mehr von ihm. Mehr von dem Mann, den er glaubte, hinter dieser Löwenmaske zu sehen. Er würde ihm alles sagen. Heute Nacht.

„Okay, dann ... fangen wir damit an, dass ich dir zeige, wie sehr ich dir in Wirklichkeit verfallen bin." Tavi schmunzelte und Jack gab ihm den Kuss, auf den sein Gegenüber schon die ganze Zeit so sehnsüchtig wartete.

„Das war auch mit der Maske nicht so schwer zu erkennen", säuselte Jack gegen die warmen, weichen Lippen, die sich an seine schmiegten. Wahrscheinlich war es ein Zeichen seiner angeschlagenen Psyche, dass es ihm nicht schwerfiel, das zu tun, wenn er einmal die Distanz zu Tavi überwunden hatte. Wenn sie sich so nahe waren, war er einfach nur ein Mann. Ein Körper, der sich gut an seinem anfühlte.

„Dass es dir gefällt, auch nicht", konterte Tavi und Jack spürte das neckende Grinsen an seinem Kinn und die kleine Vibration seines Lachens. „Du stehst auf mich."

Jack fasste Tavis Kragen und drückte ihm noch einen Kuss auf den Mund. Dann glitten seine Hände tiefer, wollten die Knöpfe öffnen. Es sprach nichts dagegen, ihn nochmal zu ficken. Je mehr Gefühle er aus Tavi herausbekam, umso mehr würde er sich ihm öffnen. Es diente seinem Plan.

„Nicht", flüsterte Tavi und berührte seine Hände. „Ich muss das selbst machen."

In den blauen Augen stand eine Ernsthaftigkeit, die sein Gesicht um Jahre älter wirken ließ. Bis jetzt hatte Tavi sich immer selbst ausgezogen. Es schien mehr dahinter zu stecken als ein Tick.

Jack ließ es ihn tun und begrüßte die freigelegte Haut mit sanften Streicheleinheiten und streifte ihm dabei den Stoff von den Schultern. Kleine, harte Nippel streckten sich ihm entgegen und Jack kniff hinein. Tavis Zucken und der leise Schmerzlaut prickelten in seinem Schoß.

Im nächsten Moment schob sich eine Hand zwischen seine Beine und streichelte seinen Schwanz durch den Stoff hindurch. Tavis Gesicht dabei so offen vor sich zu sehen, hatte etwas seltsam Anstößiges. Sein Lächeln vereinte süße Unschuld mit Provokation. Er wusste genau, was er tat. Was er wollte. Aber er hatte keine Ahnung, wen er hier verführte.

Jack vergrub die Finger in Tavis Haaren und drückte ihm einen harten Kuss auf die Lippen. Willig öffnete der Kleine den Mund und ließ ihn tun, was er wollte. Das Streicheln hörte nicht auf. Viel zu liebevolle Finger, die die wachsende Härte in seiner Hose massierten. So viel Zuneigung in jeder seiner Bewegungen. In seinem Kuss und der Art, wie er ihn mit seiner Zunge neckte.

„Ich brauch' dich wirklich", flüsterte Tavi, als ihre Lippen sich trennten. „Du tust mir so gut."

Jack kannte niemanden, der beim Rummachen so viel redete. Die einzigen Worte, die er bei seinen Ficks normalerweise hörte, waren ‚schneller', ‚fester' oder

‚ich komme'. Das hatte immer gereicht. Aber bei Tavi war es ihm noch zu wenig. Vielleicht war es der Klang seiner Stimme. Die unverhohlene Erregung, die in jedem Wort mitschwang.

„Zieh deine Hose aus", sagte Jack.

Tavi lächelte ihn an und drehte sich kurz auf den Rücken, um die Hose zu öffnen und die Hüften anzuheben, damit er sie loswerden konnte. Der Anblick seines nackten, puren Körpers weckte Fantasien. Er wollte Tavi auf den Bauch drehen, seine Beine spreizen und tief ihn in eindringen, ihn fest auf die Matratze pressen und hören, wie er stöhnend um Atem und Beherrschung kämpfte.

Um Tavi selbst noch mehr zu reizen, knöpfte er sich das Hemd auf und warf es fort. Sofort war Tavi wieder bei ihm, küsste gierig seine Brustmuskeln, folgte dem Pfad, den die Tattoos über seine Haut nahmen. Jack ließ sich auf den Rücken sinken und erlaubte es dem jungen Mann, sich so über ihn herzumachen. Mehr Zärtlichkeit schaffte mehr Vertrauen. Und davon brauchte er so viel wie möglich.

Ein kleines, ungeplantes Lachen entkam ihm, als Tavi eine Stelle kurz neben seiner Achselhöhle küsste.

„Oh, bist du kitzelig?" Sofort neckte ihn eine warme Zungenspitze an derselben Stelle und Jack konnte ein kleines Zucken nicht verbergen. „Ist ja süß."

Jack schnaufte. „Hat deine Zunge Langeweile?"

„Warum? Möchtest du, dass ich sie woanders einsetze?" Tavi schmunzelte und wackelte neckend mit den Augenbrauen. „Hier vielleicht?" Er leckte über eine vollkommen wahllose Stelle schräg unter seiner Brustwarze. „Oder hier?" Jetzt tanzte seine Zunge über seinen Oberarm.

„Ja, genau da", gab Jack unironisch zurück.

„Es ist doof, wenn du das Spiel einfach mitspielst." Tavi schob schmollend die Unterlippe vor und küsste sich nun an seinem Arm entlang. Mit schnellem, unpersönlichen Sex hatte das nichts zu tun. Liebevoll war das Wort, das Jack immer wieder im Kopf herumschwirrte.

Wenn das der echte Tavi war ... der keine Rolle mehr spielte – weil er sie ihm geraubt hatte – und der sich ihm ohne Maske präsentierte: Wie zum Teufel konnte er den eigenen besten Freund umgebracht haben?

Jack lag da und ließ ihn machen, während seine Gedanken von der Gegenwart zur Vergangenheit reisten und nicht wussten, woran sie sich halten sollten. An den Tavi, den er selbst kennenlernte und erlebte? Der im Kern nur ein unsicherer und etwas ängstlicher Mann war, der schlimme Erfahrungen gemacht hatte, aber immer noch so offen und sanft sein konnte, wenn er vertraute? Oder an den Tavi, der wie ein monströser Schatten über seiner Vergangenheit lag?

Bald lag auch er ganz nackt da und die einzige Barriere zwischen ihnen waren ihre Geheimnisse. Seines, das hinter der Löwenmaske lauerte, und Tavis, das tief in seinem Herzen verschlossen lag. Jack war bereit für einen Tausch.

Als ihre Körper sich immer näher kamen, schmolz auch der emotionale Abstand. Jack verlor sich immer mehr in den schönen Augen dieses Mannes, in seinem Lächeln und der Sanftheit seiner Berührungen. In seinem Geruch, in seiner Stimme, ... in dem samtigen Gefühl, das er ihm schenkte, als er das Becken auf seinen Schoß senkte.

Er durfte es nicht. Nicht mal für eine Sekunde. Durfte diesen Mann nicht so sehen. Nicht so fühlen, wie er es jetzt tat. Er durfte ihn nicht umarmen wollen, nicht nach seinen Küssen hungern, ihn nicht anlächeln als wäre er ein ganz normaler Mann, der ihm eine heiße Nacht mit sich schenkte. Durfte nicht die Hände an seine Hüften legen, die sich so geschickt auf ihm bewegten, und sich wünschen, dass es niemals aufhörte.

Alle Regeln verbrannten in dem heißen Prickeln zwischen ihren Körpern. Schmolzen unter sehnsüchtigen Berührungen, verdampften in den Atemzügen zweier Männer, die für eine Weile einfach nur das waren.

Aber die Realität war nicht fort. Sie stand neben ihnen und wartete auf ihren Einsatz. Sie kam zu Jack zurück, als die Wonne verebbte und Tavi schwer atmend in seinen Armen lag. Die Haare so süß zerzaust und ein glückliches wenn auch erschöpftes Funkeln in den Augen. Immer noch mit ihm verbunden. Immer noch ein Mörder.

„Weißt du, ich hab dich wirklich gern."

Es war dieser Moment, in dem Jack wusste, dass er einen Fehler gemacht hatte. Weil es nicht die Rachsucht war, die sich an diesen Worten erfreute, sondern sein echtes, hartes Herz.

KAPITEL 24

TAVI HATTE KEINE Angst mehr, und das fühlte sich großartig an. Er lag in den Armen eines Mannes, mit dem er traumhaften Sex gehabt hatte, spürte dessen Atemzüge an seiner Schulter und den Herzschlag an seiner Brust, und wusste, dass er nichts anderes als das brauchte, um sicher zu sein.

Sie waren immer noch im Maskenclub. Es konnte jederzeit jemand kommen, sie finden und hinauswerfen. Aber selbst das wäre egal. Er brauchte nie wieder herkommen. Er brauchte nur Leo.

Leo, der ihn auch brauchte. Leo, der ihm versprochen hatte, heute Nacht alle Masken fallen zu lassen. Sie würden zusammensein. Alles würde gut werden. Auch mit Eli und den anderen.

Nur widerwillig ließ Tavi den Gedanken zu, dass er sich nun doch langsam von ihm lösen musste. Er griff zwischen seine Beine und hielt das Kondom an Leos

Schwanz fest, ehe er sich von ihm erhob und auf die Seite rollte.

Beiläufig reinigte er sich von den Spuren seines Höhepunktes und warf das zusammengeknüllte Tüchlein dann beiseite. Im Moment wollte er nur die Gemütlichkeit genießen, die dieses Versteck ihnen bot.

Leo schien das auch zu wollen. Er rückte zu ihm heran, zog sogar die dünne, rote Decke über ihn und streichelte sanft seinen Arm. Mehr brauchte Tavi im Moment nicht, um sich gut zu fühlen.

„Es gab lange niemanden mehr, mit dem ich zwei Mal gefickt habe", sagte er.

„Das ist die romantischste Art, die ich kenne, um jemandem zu sagen, dass er etwas Besonderes ist." Tavi grinste und schmiegte den Kopf an das Kissen. Er konnte sich schon vorstellen, dass Leo eher der One-Night-Stand-Typ war.

„Ich bin wahrscheinlich zu abgestumpft für Romantik."

In diesen Worten steckte viel, das spürte Tavi. In diesem Mann steckte viel. Viel mehr als er bis jetzt wusste. Himmel, er wollte so gern alles über ihn wissen. Mehr darüber, was ihn geformt, was er erlebt hatte. Er brauchte seinen Namen nicht – aber er wollte wissen, *wer er war.*

„Manchmal passieren unerwartet schlimme Dinge und machen einen ganz anderen Menschen aus dir."

Tavi nickte. Er war jünger als Leo, aber ihm waren schon einige dieser Sachen passiert. Er konnte es bis heute kaum ertragen, wenn jemand anders ihm seine Kleidung auszog, oder es versuchte. Das war nicht normal. Nur eine von vielen Spuren, die zurückgeblieben waren. Ganz zu schweigen von dem Versteckspiel, das er fast sein halbes Leben lang gespielt hatte. Um schlimme Dinge zu vermeiden. Es hatte wirklich einen anderen Menschen aus ihm gemacht – einen falschen.

Eine Weile schwiegen sie. Leos Hände strichen langsam über seine Haut. Er konnte diesen Mann nachdenken hören. Seine Lasten spüren. Er war bereit, zu warten, bis er sie auch aussprechen wollte. Wenigstens einen kleinen Teil davon.

„Ich hatte dir erzählt, dass ich einen Sohn habe", setzte er schließlich an und Tavi wusste, dass es der Anfang von etwas war. Eine Gänsehaut zog sich über seine Schultern. Neugier und Angst.

„Ja, das hast du."

„Die Wahrheit ist, dass er schon lange nicht mehr lebt."

Eine traurige Schwere legte sich über den Raum. Tavi griff vorsichtig nach hinten und legte die Hand an Leos. „Das tut mir unendlich leid." Wie schlimm musste das sein, als Elternteil ein Kind zu verlieren? Das war so vollkommen widernatürlich. Etwas, das einem wirklich das Herz herausreißen konnte.

Er wollte Leo gerne Trost spenden, und er hatte in all der Zeit, die er an seinem Charisma und am Reden vor anderen Menschen gefeilt hatte, sicher einige Phrasen gelernt, die für solche Situationen gedacht waren. Aber er konnte keine von ihnen hervorholen. Das war alles so wahnsinnig unpassend und unangemessen.

„Wie kommst du damit zurecht?", fragte er leise.

„An manchen Tagen gut. An anderen weniger." Die raue Stimme hatte nichts von ihrer Stärke und Festigkeit verloren. Trotzdem wusste Tavi, dass dieser Mann eine verletzliche Seite hatte. Er hatte sie nur verborgen, so wie auch er vieles von sich versteckt hatte. Sie waren gar nicht sehr verschieden.

„Er war mein einziges Kind und der wichtigste Teil meines Lebens. Manchmal kommt es mir vor, als würden mir zwanzig Jahre Erinnerung fehlen. Als wäre seine ganze Existenz nur ein Traum gewesen. Dann besuche ich sein Grab und stelle fest, dass es nicht so ist. Aber das hilft nicht wirklich."

Tavi fühlte die Schwere.

„Ich glaube, es gibt nichts, was dagegen hilft." Sachte streichelte er Leos Finger. „Ich ... hab auch jemanden verloren, der mir sehr wichtig war. Keinen Angehörigen, aber meinen besten Freund und ..." Er unterbrach sich. Es ging hier um Leo, nicht um ihn. „Wie war er denn so? Du kannst gerne von ihm erzählen, wenn du möchtest. Wenn ich auch etwas über ihn weiß, fühlt es sich vielleicht weniger wie ein Traum an, dass er da war."

Leo rückte näher zu ihm auf. Die kleinen Stoppeln von Leos Kinn stachen in seine nackte Schulter.

„Er war klug und fröhlich, ein bisschen unbedarft, aber dadurch auch offen für alles, was das Leben ihm zu bieten hatte. Das hat er sich vielleicht etwas zu sehr bei mir abgeschaut." Seine Stimme war jetzt noch näher und ging Tavi durch Mark und Bein. „Die Leute sagten, dass wir uns sehr ähnlich sahen. Er war sportlich und hatte große Pläne, auch wenn die manchmal wochenweise wechselten."

Er hörte das kleine Schmunzeln in diesen Worten und es zog ihm das Herz zusammen.

„Aber alle Pläne bringen nichts, wenn es keine Zukunft gibt, in die man sie tragen kann. Ich bin froh, dass er so spontan war und ich hoffe, dass er so viel Glück wie möglich in seinem Leben unterbringen konnte. Zumindest kam es mir so vor, als ginge es ihm die meiste Zeit gut. Aber Kinder erzählen ihren Eltern ja auch nicht alles, oder?"

„Nein. Aber ... ich glaube, auf seinen Instinkt kann man sich verlassen. Gerade wenn er so ein offener Mensch war. Er war bestimmt glücklich."

Tavi wollte verhindern, dass seine eigene Trauer an die Oberfläche kam, damit er sich auf Leo konzentrieren konnte, aber es fiel ihm schwer. Die Worte, die er für seinen Sohn fand, erinnerten ihn an Phil. Wahrscheinlich passten sie auf viele junge Männer. Wie alt mochte Leos Kind gewesen sein? Vielleicht 17 oder 18? Und wie lange war das her?

Phil war nun schon einige Jahre tot und der Schmerz immer noch frisch. Aber in seinem Fall lag die Sache wahrscheinlich doch etwas anders. Denn es war seine Schuld, dass er nicht mehr da war.

Tavi kniff die Augen zusammen, damit die Tränen nicht herauskamen. Er hatte schon so oft um Phil geweint, und jedes Mal kam er sich schlecht dabei vor. Als habe er kein Recht dazu. Als würde er ihn damit verhöhnen.

Eine Hand strich ihm durchs Haar.

„Heute Nacht erzählen wir uns alles", sagte er an seinem Ohr. „Wir werden alle Masken los."

Tavi schniefte. Wenn sie sich morgen ihre Gesichter zeigten, sich ihre Namen sagten und sich dann ihm wirklichen Leben wiedersahen ... dann hätte er immer noch ein Geheimnis. Immer noch eine Last auf seinem Herzen. Wenn er diese Chance nicht nutzte, ihm alles zu sagen. Es war die perfekte Nacht, um genau das zu tun. Um neu anzufangen. Mit einem Mann, der bereit war, den echten Tavi kennenzulernen. Den ohne Mauer, ohne Maske.

„Wirst du noch bei mir sein wollen, wenn ich dir erzähle, dass ich etwas wirklich Feiges und Schlimmes getan habe?", fragte er so leise, dass er sich nicht sicher war, ob Leo es überhaupt gehört hatte. Der Griff um seinen Körper verfestigte sich.

„Ich will alles von dir wissen, was es zu wissen gibt."

Jetzt gab es ohnehin kein Zurück mehr. Welcher Zeitpunkt war schon der Richtige, um jemandem so etwas zu erzählen? Vor dem ersten Date? Nach der Hochzeit? Oder niemals? Er wollte hoffen, dass dieser Mann, dessen Umarmung ihm jetzt das Vertrauen gab, das er brauchte, ihn nicht verlassen würde, wenn er ihm von dem Moment erzählte, in dem seine Schwäche jemand anderen alles gekostet hatte.

„Als ich noch studiert habe, hatte ich einen besten Freund", begann er. Leo bewegte sich hinter ihm, schien mit dem Arm nach etwas zu angeln. Schließlich spürte er den Stoff der zweiten Bettdecke hinter sich. Er machte es sich nur bequemer. Bereit, ihm länger zuzuhören. „Es war ein neuer Abschnitt für mich. Wieder ein neues Umfeld, das ich von mir und meinem neuen Ich überzeugen musste. Das klappte ganz gut und ich war in Sicherheit. Bis ... ich mich verliebt hab. Irgendwie. Ich kannte das bis dahin nicht. Dieses Immer-in-seiner-Nähe-sein-wollen. Süchtig nach seiner Stimme und seinem Lachen sein. Ich hab zu keiner Zeit so schlechte Witze gemacht, wie in diesen Wochen. Es war großartig, wenn wir allein waren, aber wenn nicht, dann hatte ich Angst. Er hatte keine. Einmal haben wir darüber gestritten und ich habe versucht, ihm zu erklären, warum es mir so geht. Er meinte, dass ich diese Streiche vergessen müsse und dass mir was entginge, wenn ich mich nicht einlassen könne.

Wir waren beide stur, aber haben uns doch wieder zusammengerauft – ohne eine wirkliche Lösung gefunden zu haben. Wir konnten halt auch keinen Abstand zueinander gewinnen. Er mochte mich genauso wie ich ihn."

Sein Herz klopfte laut und heftig, als er das erzählte. Die Worte fielen ihm leichter, je mehr er sprach und immer wieder fragte er sich dabei, warum er damals keine besseren gefunden hatte. Vielleicht hätte das etwas geändert. Aber er war dumm gewesen. Zu ängstlich, um selbst vor Phil zuzugeben, wie gern er ihn hatte. Als würde es allein dadurch die ganze Welt erfahren.

„Wir hielten das mit uns geheim. Er machte mit, auch wenn er mir regelmäßig zeigte, wie bescheuert er das fand. Er zog mich auf und schnitt Grimassen, wenn wir uns in der Öffentlichkeit zufällig oder halb beabsichtigt berührten und ich hastig Abstand einnahm. Er hatte ja recht ... aber das änderte nichts."

Er stieß den Atem aus. Selbst die Bewegung der Luft in seinen Lungen und seiner Kehle schmerzte im Moment. Nein, er hatte das noch nicht überwunden. Er hatte noch nie mit jemandem darüber gesprochen. Das hier war das erste Mal.

„Und dann kam dieser beschissene Morgen, an dem wir uns zufällig in den Duschen beim Sport getroffen haben. Phil wollte wohl ein bisschen ausnüchtern und ich wollte mich austoben, bevor alle anderen auch unterwegs sind." Phils Anblick unter der Dusche würde niemals aus seinem Kopf verschwinden. Das Bild dieses wunderschönen Mannes mit dem kecken Grinsen, dessen Augen ihn anfunkelten. Der Anblick hatte einen Drang in ihm geweckt, der alles andere für einen Moment abgeschaltet hatte, selbst seine Angst. Sie hatten sich geküsst, lange und ausgiebig, nass und nackt und lachend und glücklich. Es hatte sich verrückt angefühlt. Und schön. „Wir haben uns gesehen und konnten nicht anders. Das war die längste und heißeste Knutscherei meines Lebens. Obwohl ich der Nüchterne von uns beiden war, hab ich mich betrunken und schwindelig gefühlt."

Wie sollte er diese Geschichte zu Ende erzählen? In ihm steckte schon wieder Angst. Eine, die von dem kindlichen Glauben getrieben war, dass niemand starb, wenn er es einfach nicht aussprach. Dabei war es schon lange passiert und Worte konnten daran nichts ändern.

Tavi schluckte schwer und füllte seine Lungen mit Atem. „Dann gab es draußen ein Geräusch und ich ... ich bin total in Panik ausgebrochen. Ich konnte nur noch denken: Die erwischen mich. Ich hab ihn von mir weggestoßen. Viel zu doll. Er hat überhaupt nicht mit sowas gerechnet. Ist zurückgetaumelt, auf den feuchten Fliesen ausgerutscht und mit voller Wucht auf den Boden geknallt." Seine Kehle war so eng, dass die letzten Worte zu einem tonlosen Flüstern wurden. Er sah sich in dem Duschraum stehen, überall die weißen Fliesen und Phils nackten Rücken. Blut und Schock und Horror. „Ich hab ihn umgebracht."

Kapitel 25

JACKSON SCHLANG DIE Arme fester um den Körper, den er hielt. Am Anfang der Geschichte hatte er sich noch vorgestellt, die Hände an Tavis Kehle zu legen und ihn einfach zu erwürgen, nachdem er alles gesagt hatte. Aber jetzt, an ihrem Ende, hielt er ihn nur fest.

Jedes von Tavis Worten war wie eine Stufe in eine tiefe Dunkelheit gewesen. Hinab in einen Keller, in dem das Geheimnis lag, dem er seit Jahren hinterherlief. Und jetzt waren da keine Stufen mehr. Nur noch ein schwarzes Loch, in das er hineinfallen konnte.

Der Mann in seinen Armen zitterte und schniefte leise, erzählte noch in einzelnen Wortfetzen, wie er vom Ort des Geschehens geflüchtet war.

Jack lag nur da, hielt ihn und starrte in das schicke Zimmer hinein. Jetzt hatte er seine Antwort. Die Wahrheit. Sogar aufgezeichnet. Tavis ganzes Geständnis. Und er hatte diesen Mann in seinen Händen, nackt und wehrlos. Jetzt und hier könnte er Rache für Philipp nehmen.

Seine linke Hand glitt an Tavis Brust nach oben, streifte seinen Hals, und tat doch nicht das, was er sich ausgemalt hatte. Am Ende wischte er dem Jungen nur die Tränen von der Wange.

Er fand weder die Kraft noch den Antrieb, um ihn zu töten. Keine Genugtuung, nicht einmal Zufriedenheit über die Tatsache, dass er nun sein Geständnis hatte. Gar nichts. In ihm war nur Bedauern.

Eine ganze Weile lagen sie einfach nur so da. Allein Tavis Bewegungen und Geräusche waren es, die ihm versicherten, dass er selbst noch am Leben war. Alles andere um ihn herum war stumpf und farblos.

Irgendwann merkte er, dass sie eingeschlafen waren. Das Zittern hatte aufgehört und ruhige, tiefe Atemzüge durchdrangen die Stille. Tavi lag entspannt in seinen Armen und ganz langsam spürte Jack wieder etwas. Erschöpfung. Müdigkeit. Ein aufgeriebenes Gefühl in seinem Inneren.

Seine Lider waren schwer, als er sie öffnete und Tavis Nacken betrachtete. Den Ansatz seiner dunklen Haare. Die Rückseite seiner Ohrmuschel. Den kleinen Leberfleck auf seiner Schulter. In diesem Moment lag ein seltsamer Frieden.

Hätte er nicht toben sollen? Wütend sein, Tavi anschreien, ihm wenigstens eine reinhauen? Das schien es zu sein, was in seinem Drehbuch stand. Und doch lag er hier und hielt ihn und fühlte sich dabei, als würde Tavi ihn auch auf irgendeine Weise halten.

Er verstand sich nicht. Verstand nicht, warum er sich nicht aufrappelte und ging. Warum er bleiben wollte. Warum er an seinem Nacken riechen und ihn küssen wollte. Warum Tavis Tränen ihn schmerzten. Warum es so schwierig war, obwohl es einfach hätte sein müssen.

Was gab es zu entscheiden? Tavi war schuld an Philipps Sturz. Er hatte es ihm erzählt. Er war schuld, dass er tot war. Vielleicht war es der Gedanke an Philipp, der ihn davon abhielt, das einzig Richtige zu tun und Tavi der Polizei zuzuführen.

Philipp hatte diesen Jungen gemocht. Vielleicht sogar geliebt. Und entgegen seiner damaligen Vermutungen schien Tavi das erwidert zu haben. Er hatte ihn nicht aus Hass getötet. Ihn nicht ermordet. Es war ein Unfall gewesen. Jack schnaufte leise, als ihm klar wurde, dass dieses Ergebnis dasselbe war, das die Polizei ihm am Ende präsentiert hatte.

Dieses Spiel hatte nichts geändert. Nichts am Ergebnis. Nichts an der Wahrheit. Philipp blieb tot, es blieb ein Unfall und er ... blieb allein. Egal, ob er jetzt aufstand und versuchte, sich wegzuschleichen, bevor Tavi aufwachte oder ob er blieb. Tavi würde den Mann hinter der Maske erkennen. Und dann würde er wissen, was passiert war. Wer ihm die Nachrichten geschickt und ihn vor seinen Freunden bloßgestellt hatte. Es war unausweichlich. Er hatte es so gewollt. Es würde Tavi wehtun, weil es alles einreißen würde, was sich auf seiner Seite aufgebaut hatte. Der Junge mochte ihn, vertraute ihm, setzte Hoffnungen in ihn. In diese ... Beziehung.

Und auch wenn sich alles in ihm dagegen sträuben wollte: Jack wusste, dass auch für ihn etwas kaputtgehen würde, wenn das passierte. Er wusste das, weil seine Gedanken darum kreisten, wie er es aufhalten könnte.

Er könnte sich weigern, die Maske zu lüften, obwohl er es versprochen hatte. Aber das wäre feige und wahrscheinlich würde er Tavi damit auch nur verlieren. Verlieren. Jack schnaufte. Man konnte nichts verlieren, das man nicht hatte. Das man nicht einmal wollen sollte.

Das alles hier war eine große Lüge. Ein Geheimnis, das eine Scheinwelt zusammenhielt. Ein Geheimnis, dessen Zeit ablief.

*

Es dauerte einen Moment, bis seine Erinnerung zurückkehrte und die Wärme des vertrauten Körpers an seinem einen Sinn ergab. Er war noch im Club. Mit Leo. Ein müdes Lächeln erhellte seine Züge.

Hinter seiner Stirn dröhnte es. Hatte er ihm wirklich sein schlimmstes Geheimnis gebeichtet? Es kam ihm surreal vor. Dass er es getan hatte ... und dass dieser Mann immer noch bei ihm war. Vorsichtig drehte Tavi sich in der Umarmung um.

Wenn jemand deine dunkelste Seite kennt, und sich trotzdem nicht von dir abwendet – was kann euch dann noch trennen?

Leo war wach. Seine ernsten Augen schaute ihn an und als er ihn küsste, spürte er dasselbe Begehren wie zuvor. Keine Distanz. Tavi lächelte und schmiegte sich enger an diesen Mann, der zu gut war, um wahr zu sein.

„Wir sind einfach eingeschlafen", flüsterte er. „Ist schon morgen?"

„Ich habe gehofft, dass du noch eine Weile schläfst."

Tavi schmunzelte. „Hast du Angst, die Maske abzunehmen?" Er legte eine Hand an Leos von der Maske bedeckte Wange. „Glaubst du, das was ich dann sehe, könnte jemanden mehr erschrecken als das, was ich dir erzählt habe?"

„Wer weiß."

Unsicherheit machte sich in seinem Magen breit. Vielleicht hatte er sich zu früh gefreut und Leo war nur noch hier, weil er sich nicht wie ein Feigling hatte wegschleichen wollen. „Hast du es dir anders überlegt? Ich meine ... ich könnte es verstehen."

Ein Kloß bildete sich in seinem Hals. *Bitte sag Nein.*

„Mir war von Anfang an klar, dass du kein richtiger Engel bist."

„Dann steht doch nichts mehr zwischen uns. Mir ist egal, wie du aussiehst, ich will einfach nur weiter mit dir zusammen sein. Ohne Masken. Ab jetzt nur noch wirklich Ich und wirklich Du." Tavi lächelte und betrachtete das Echo in Leos Gesicht. Dieses Gesicht, das er endlich richtig entdecken wollte.

Ihn ohne Maske zu sehen, würde das Ende einer kleinen Ära bedeuten. Ab jetzt gab es kein Verstecken mehr. Er würde ab jetzt sein, wer er war. Und er würde stark sein. Gemeinsam mit diesem Mann, der ihn bis hierhin begleitet hatte. Ja, ohne Leo wäre er gar nicht so weit gekommen. Er hatte sein Leben verändert.

Der beste Teil fing jetzt erst an. Wenn sie den Club verließen. Ohne Masken, nur die zwei Männer, die sie waren. Sie würden echte Dates haben ... er würde ihn zu sich nach Hause einladen. Sie konnten Restaurants besuchen, Filme schauen, shoppen gehen – und wenn es wirklich mit ihnen funktionierte, dann konnten sie noch viel mehr tun. Aber daran wollte Tavi jetzt noch nicht denken. Er durfte den armen Leo nicht mit seiner Vorfreude erdrücken.

Dieser Mann war anders als er, aber an den richtigen Stellen auch gleich. Sie hatten hier zusammen gelacht, geredet, genossen und gemeinsam Klavier gespielt. Nein, er hatte keine Angst, den Mann hinter der Maske zu sehen und ihn kennenzulernen. Er wusste, dass alles gut werden würde.

Tavi hielt die Spannung nicht mehr aus. Sanft legte er die Hände an die Seiten der glänzenden Maske. Leos Blick traf seinen. Doch, es gab sehr wohl etwas, vor dem dieser Mann Angst hatte. Jetzt zeigte er es ihm zum ersten Mal. Und Tavi wollte noch so viel mehr sehen.

Leo hielt ihn nicht auf, als er das Band löste, das die Maske an ihrem Platz hielt. Nun waren es nur noch seine eigenen Hände, die dafür sorgten, dass sie nicht einfach herunterfiel.

Tavi schluckte. Es war ein besonderer Moment. Romantisch. Einer, an den er sich später bestimmt oft erinnern würde.

Ganz langsam nahm er die Maske weg. Das Gesicht darunter war unversehrt. Und doch ließ sein Anblick ihn erstarren.

„Phil?", flüsterte er fassungslos, berührte die Wangen dieses Mannes, der auf den zweiten Blick zu alt war, um sein verstorbener, bester Freund Philipp zu sein. „Nein ..."

Die Realität riss ihm die warme Decke fort. Tavi starrte in die Augen, die er so gut zu kennen geglaubt hatte. Leos Augen. Er kannte sein Gesicht schon. Es war lange her. Das konnte nicht sein. Das war ...

Schmerz und Fassungslosigkeit verzerrten sein Gesicht. Tavi nahm die Hand von ihm weg und setzte sich im Bett auf. Irgendwie hoffte er, dass er damit aus diesem Traum aufwachen würde.

„Ich bin Jack."

„Ich weiß, wer du bist." Jackson. Phils Vater, den er auf ein oder zwei Familienfeiern getroffen hatte. Damals, in einem anderen Leben.

Es fühlte sich an, als würde der ganze Club über ihm einstürzen. Die Decke, das Gebälk, das Dach. Zusammen mit der kleinen Welt, die er sich um sie beide herum aufgebaut hatte. Nein ... er hatte gar nichts aufgebaut. Er hatte sie sich zusammenfantasiert. Dieser Mann ... das konnte nicht sein.

Alles, was er getan hatte, raste in einem irren Tempo an ihm vorbei. Die Küsse, der Sex, die Geständnisse. Jackson hatte die ganze Zeit über gewusst, dass er es war, oder? Das hatte er nicht heute erst erkannt.

Er ... Nein. Das durfte alles nicht sein.

Verzweiflung stieg in ihm auf. Das war alles nur ein Spiel gewesen. Oder? Jackson hatte ihn absichtlich so eingewickelt. Ihn immer wieder gelockt. Und die Worte aus ihm herausmanipuliert. *Gibt es etwas, das du bereust?*

„Hast du mir die Nachrichten geschickt?", hörte er sich fragen. „Hast du ... das Video ...?" Er schaffte es nicht, den Mann neben sich anzuschauen. Das war zu viel. Alles zu viel.

„Ja. Ich wollte dein Geständnis."

„Na, das hast du ja jetzt." Er stand vom Bett auf und bückte sich nach seiner Kleidung. Sein Körper fühlte sich seltsam fremd an. Er bewegte die Muskeln als würden sie jemand anderem gehören. Fern und betäubt. Als er merkte, dass er wankte, ließ er sich auf die Knie sinken. Seine Hände zitterten, als sie den Hemdstoff ergriffen.

Die Gedanken hämmerten in seinem Kopf. War das von Anfang an der Plan gewesen? Wie hatte er so dumm sein können? Er hatte sich viel zu sicher gefühlt. Sicher hinter seiner Maske. Und sicher in

Leos Armen. In Jacks Armen. In den Armen des Vaters seines toten besten Freundes.

Das war so kaputt. Er war kaputt.

Und sein ganzes verdammtes Leben.

Er spürte den Stoff auf der Haut kaum, als er sich Shorts und Hose überstreifte. Seine unruhigen Finger brauchten eine Ewigkeit, bis er es schaffte, sie zu schließen.

Wahrscheinlich würde er ins Gefängnis kommen. Selbst wenn nicht – diese Wahrheit konnte auch so genug Schaden anrichten. Eli würde nie wieder ein Wort mit ihm reden. Er würde seinen Job verlieren. Die ganze Stadt würde über ihn sprechen. Seine Klassenkameraden.

Aber das Schlimmste an alldem ... das wirklich Kaputteste und Schmerzhafteste ... war, dass er sich selbst jetzt noch zurück in Leos Arme wünschte.

ENDE TEIL 1

NACHWORT

Ich war Opfer von Mobbing und ich kenne viele Menschen, die diese Erfahrungen ebenfalls gemacht haben. Tavis und Jacks Geschichte soll zeigen, dass es kein „Spaß" ist. Es sind nicht „nur Neckereien". Mobbingerfahrungen sind für die Betroffenen oft dermaßen einschneidend, dass sie einen Menschen ein ganzes Leben lang beeinflussen und prägen.

Philipps Tod war ein Unfall. Aber wahrscheinlich wäre er nicht geschehen, wenn Tavis Kindheit anders verlaufen wäre. Wenn er nicht diese tiefsitzende Angst in sich gehabt hätte.

Leider ist vielen Tätern überhaupt nicht bewusst, wie weitreichend die Konsequenzen sein können. Würde ich morgen meinen Mobbern gegenüberstehen, weiß ich, dass niemand von ihnen eine Entschuldigung auch nur in Betracht ziehen würde. Ich glaube, dass Menschen sich ändern können. Aber ich glaube auch, dass viele überhaupt nicht sehen, wie ihr eigenes Verhalten sich auf andere auswirkt.

Daran müssen wir arbeiten.

DANKSAGUNG

Ich danke Sabrina, die an alle meine Bücher glaubt, noch bevor sie geschrieben sind, Doris, deren Auge für logische Feinheiten jedem meiner Bücher hilft, und Sarah, die mich trotz des Cliffhangers nicht ermordet hat. Außerdem geht ein großes Dankeschön an Franzi und Katja, deren Hilfe Gold wert war.

Mein ganz besonderer Dank gilt dir, liebe*r Leser*in. Indem du dieses Buch gekauft oder über Kindle Unlimited geliehen hast, unterstützt du mich bei meiner Arbeit und ermöglichst es, dass ich weitere Geschichten schreiben kann. Ohne deine Unterstützung wäre das nicht möglich.

Wenn es dir gefallen hat, würde ich mich sehr über eine kurze Rezension auf Amazon, Lovelybooks oder Social Media sehr freuen.

Wo ist der zweite Teil?

Die zweite Hälfte von Tavis und Jacksons Geschichte heißt „Love me for my Truth" und erscheint im Juli 2021, also nur wenige Wochen nach der Veröffentlichung von „Hate me for my Secrets". Ich habe hier schon mal den Klappentext für dich:

Wenn die Masken fallen, kommen neue Wahrheiten ans Licht.

Als ehemaliger Regisseur hatte Jackson bisher sämtliche Fäden seines Lebens in der Hand, doch jetzt droht ihm alles zu entgleiten. Er hätte sich niemals in den Mann verlieben dürfen, der für das größte Unglück seines Lebens verantwortlich ist. Doch Tavi ist der erste Mensch, der es schafft, sein Herz wieder zu öffnen. Ein Herz, in dem vieles verschlossen liegt …

Sind seine Gefühle für Tavi nur ein verzweifelter Versuch, an etwas festzuhalten, das schon lange verloren ist?

Zwischen Hoffnung, Leidenschaft und Zweifeln erheben sich auch noch die Schatten aus Jacks Vergangenheit, und drohen, ihm ein zweites Mal alles zu entreißen, was ihm wichtig ist.

*

Wenn du das nicht verpassen willst, abonniere am besten jetzt meinen kostenlosen Gabby-Letter (du findest ihn auf meiner Homepage gabriella-queen.de). Damit bist du nicht nur auf dem Laufenden, was meine neuen Bücher betrifft, sondern hast auch die Chance auf exklusive Gewinnspiele und andere kleine Überraschungen.